길안에서의 택시잡기

길안에서의 택시잡기

장정일 시집

민음의 시 16

민음사

자비를…… 자비를…… 자비를…… (운다)

차례

삼중당 문고

열다섯 살,
하면 금세 떠오르는 삼중당 문고
150원 했던 삼중당 문고
수업 시간에 선생님 몰래, 두터운 교과서 사이에 끼워
읽었던 삼중당 문고
특히 수학 시간마다 꺼내 읽은 아슬한 삼중당 문고
위장병에 걸려 1년간 휴학할 때 암포젤 엠을 먹으며 읽
은 삼중당 문고
개미가 사과 껍질에 들러붙듯 천천히 핥아먹은 삼중당
문고
간행 목록표에 붉은 연필로 읽은 것과 읽지 않은 것을
표시했던 삼중당 문고
경제 개발 몇 개년 식으로 읽어 간 삼중당 문고
급우들이 신기해하는 것을 으쓱거리며 읽었던 삼중당
문고
표지에 현대미술 작품을 많이 사용한 삼중당 문고
깨알같이 작은 활자의 삼중당 문고
검은 중학교 교복 호주머니에 꼭 들어맞던 삼중당 문고
쉬는 시간 10분마다 속독으로 읽어 내려간 삼중당 문고
방학 중에 쌓아 놓고 읽었던 삼중당 문고

일주일에 세 번 여호와의 증인 집회에 다니며 읽은 삼중당 문고

국기에 대한 경례를 하지 않는다고 교장실에 불리어가, 퇴학시키겠다던 엄포를 듣고 와서 펼친 삼중당 문고

교련 문제로 고등학교 진학을 포기했을 때 곁에 있던 삼중당 문고

건달이 되어 밤늦게 술에 취해 들어와 쓰다듬던 삼중당 문고

용돈을 가지고 대구에 갈 때마다 무더기로 사 온 삼중당 문고

책장에 빼곡히 꽂힌 삼중당 문고

싸움질을 하고 피 묻은 칼을 씻고 나서 뛰는 가슴으로 읽은 삼중당 문고

처음 파출소에 갔다 왔을 때, 모두 불태우겠다고 어머니가 마당에 팽개친 삼중당 문고

흙 묻은 채로 등산 배낭에 처넣어 친구집에 숨겨 둔 삼중당 문고

소년원에 수감되어 다 읽지 못한 채 두고 온 때문에 안타까웠던 삼중당 문고

어머니께 차입해 달래서 읽은 삼중당 문고

고참들의 눈치 보며 읽은 삼중당 문고

빳다 맞은 엉덩이를 어루만지며 읽은 삼중당 문고

소년원 문을 나서며 옆구리에 수북이 끼고 나온 삼중당 문고

머리칼이 길어질 때까지 골방에 틀어박혀 읽은 삼중당 문고

삼성전자에 일하며 읽은 삼중당 문고

문흥서림에 일하며 읽은 삼중당 문고

레코드점 차려 놓고 사장이 되어 읽은 삼중당 문고

고등학교 검정고시 학원에 다니며 읽은 삼중당 문고

고시 공부 때려치우고 읽은 삼중당 문고

시 공부를 하면서 읽은 삼중당 문고

데뷔하고 읽은 삼중당 문고

시영물물교환센터에 일하며 읽은 삼중당 문고

박기영 형과 2인 시집을 내고 읽은 삼중당 문고

계대 불문과 용숙이와 연애하며 잊지 않은 삼중당 문고

쫄랑쫄랑 그녀의 강의실로 쫓아다니며 읽은 삼중당 문고

여관 가서 읽은 삼중당 문고

아침에 여관에서 나와 짜장면집 식탁 위에 올라앉던 삼중당 문고

앞산 공원 무궁화 휴게실에 일하며 읽은 삼중당 문고
파란만장한 삼중당 문고
너무 오래되어 곰팡내를 풍기는 삼중당 문고
어느덧 이 작은 책은 이스트를 넣은 빵같이 커다랗게
부풀어 알 수 없는 것이 되었네
집채만 해진 삼중당 문고
공룡같이 기괴한 삼중당 문고
우주같이 신비로운 삼중당 문고
그러나 나 죽으면
시커먼 배때기 속에 든 바람 모두 빠져나가고
졸아드는 풍선같이 작아져
삼중당 문고만 한 관 속에 들어가
붉은 흙 뒤집어쓰고 평안한 무덤이 되겠지

성난 눈

눈은 이글이글 불타오른다.

그 순하고 얌전하던 눈, 동경을 담은 채로

그 순하고 얌전하던 눈, 핍박받은 것들.

저렇게 충혈해지다니.

그래, 눈은 약 올랐다.

약 오른 눈은 일어선다.

그것들이 네 목을 조를 때,

눈은 튀어나오고 부푼다.

가련한 것들,

그 순하고 얌전하던 눈들이,

광고들 선전탑들 영화 간판들 또는 무분별한 씨에프에

의해,

하루아침에 시들다니,

(오! 섹시, 얼마나 섹시한가, 그런 것들은?)

눈은 병들었다.

꼼짝 마, 눈으로 쏘겠어!

내 눈은 성났어!

소리치는,

그 순하고 얌전한 눈들.

가련한 것들.

8미리 스타

스물아홉 살의 돈 많은 독신녀.
그녀는 매일 W·X·Y 비디오로 전화를 한다.
그리고 자신이 쓴 극본에 따라
비디오를 찍는다. 일인극의 주인공이 되어
비디오 찍히는 것이 그 독신녀의 오래된 취미이자 생활
이다.

어서 오세요, 오늘은 특이한 걸루 찍기로 해요.
그녀는 분홍 침실의 문을 열고, 치마를 걷어올린 채
침대 위에 걸터앉는다. 전혀 새로운, 새로운
화면을 만들어 보는 거예요. 그녀의 입가에
재미로 넘친, 파스텔 빛 미소가 번진다.

서서히 8미리 촬영기가 돌아가고, 그녀의
두 뺨은 흥분으로 달아오른다. 실연이자, 연기!
그녀의 연기에는 대역이 없다. 그녀는
자신의 허벅지에 버터를 바른다. '여기서 컷!'
'이 장면은 위에서 내리, 찍어, 줘요' 촬영기사에게
명령하니, 그녀는 감독을 겸하는구나, '점점 클로즈업
시키면서 컷, 알죠?' '레디고'

이렇게 완성한 10분짜리 필름. 그녀는
거기에 더빙을 하여 「나를 사랑하려는 욕망」이란 제목을
갖다 붙인다. 그리고 이 최신작을 똑같이 복사하여
유명 감독과 인기 배우들에게 발송한다. 그녀는 8미리
스타.
이미 가까운 친지와 친구들은 그녀가 주연·감독한 수
많은
8미리 필름을 보았거나, 가지고 있다.

30만 원만 주면, 누구나 찍힐 수 있다.
누구나 주인공이 된다. 그녀는 자신의
따분한 삶을 화려한 것으로 바꾸어 주는 영화의 유혹으
로부터
벗어날 수가 없다. 내심으론 얼마나 많은 은퇴와
복귀를 반복했던가. 그러면서 그녀는 매일 8미리 필름
을 찍었고
이제는 그녀가 영화를 찍는 것인지, 영화 속의 그녀가
그녀를 대신 사는 것인지 모르게 됐다.

나, 실크 커튼

나는 그 남자를 본다. 수돗가를 향해
조그만 창이 나 있는 골방 속에 들어 있는 남자를
나는 본다. 그는 심한 기침을 해 대며
나, 실크 커튼이 쳐진 작은 창이 달린
골방 속에 산다. 그는 입을 오물거려 껌을 씹고
몸은 움직이지 않는다. 가끔 파스 하이드라지드를
입에 털어 넣고 주전자째로 물을 마시는 남자.
정말이지 나, 실크 커튼이 보기에 그는 전혀
움직이지 않고 사는 것 같아 보인다.

나는 본다. 그 남자를 보고, 또 한 여자를
나는 본다. 그녀는 하루에도 수차례씩
비누를 들고 나와 수돗가에서 발을 씻는다.
발가락 사이 사이와 발꿈치 복숭아뼈를 거쳐
종아리와 정강이, 무릎에다 잔뜩 비누칠을 하고서
거친 수건으로 그것들을 세심히 문지르는 그녀.
나, 실크 커튼이 보기에 그녀는 마치
씻기 위해 사는 것 같아 보인다.

나는 본다. 한 남자와 한 여자의 외로운 노래를,

나, 실크 커튼은 본다. 수돗가에서 스테인리스 대야가
햇빛 바스락거리는 소리를 낼 때마다 그 남자가
나, 실크 커튼 앞에 바짝 다가서는 것을. 나는
본다. 여자는 두 허벅지 사이에 치마를 끼운 채 발을
씻고,
그 모습을 보며 남자가 수음에 열중하는 것을. 나, 실
크 커튼은
하염없이 본다. 클클거리며 수음하는 남자를,
기침이 달겨들 때마다 사시나무 떨듯 몸을 떠는 남자를.
그럴 때 그의 몸뚱이는 거대한 기침이 그를 뱉았다
다시 집어삼키는 것 같고, 그때 그는
커다란 기침 속에 들어 있는 것만 같다.

나는 본다. 그 남자의 깊은 땀샘으로부터, 이마
밖으로 솟아나는 땀방울을. 그래, 그는 땀을 흘리며
손을 움직인다. 그것은 나, 실크 커튼이
보기에도 무척 힘겨워 보이고, 그것은 그 남자의
외로움이 어쩔 수 없이 그렇게 시키는 것 같다.
그리고 그 남자의 행동은 해변의 모랫벌에서 모래성을
짓는 순수의 소년들이 하는 허망한 짓을 닮았다.

그렇지 않은가? 나, 실크 커튼이 보기에
수음은 금세 부서질 모래성을 쌓는 것과 같다.

나는 본다. 수돗가에서 발을 씻는 여자를.
그녀 가슴 또한 얼마나 외로움이 사무친 것일까.
나, 실크 커튼이 보기에 그녀는, 저 골방 속에서
한 남자가 나, 실크 커튼을 통하여 비치는 자신의
각선을 훔쳐보며 수음에 열중하고 있는 것을
알고 있는 듯이 보인다. 나, 실크 커튼이 보기에
그녀는 그 남자가 골방 속에서 뛰쳐나와
그녀를 비누 묻은 채 거칠게 수돗가에 쓰러뜨리기를
원하고 있는 듯이 보인다. 그러니까 그녀는
그의 욕정을 유발시키고 있는 중이고, 강간당하기를
바라는 것이며 나, 실크 커튼이 보기에
처녀들의 결벽증은 그녀들의 욕망과 비례하는 듯이 보
인다.

나는 본다. 매일 방 안에서 벌레처럼 꼬물거리는
남자와, 하루에도 수차례 발을 씻어야
마음이 놓이는 여자를 나는 나, 실크 커튼을 통해

보고 있다. 나는 그 여자가 발을 씻을 때마다

나, 실크 커튼을 통해 그녀의 모습을 훔쳐보며

수음에 열중하는 남자를 보고, 그 남자가

모래 흩어지는 소리를 내며 쓰러지는 것을 본다.

그래, 그는 정말 모래성같이 풀썩

쓰러졌다. 단 한 번의 가래침으로 만들어진 우리들.

계속해서 나는 본다. 그녀가 마른 수건으로 손과 발을 닦고

흘낏, 골방 쪽의 창문을 바라다보는 것을, 그러나

그녀는 나, 실크 커튼 뒤에 서 있는 나를 보지 못한다.

나는 본다. 방바닥에 웅크린 남자를.

아무 책장이나 죽, 찢어 그 남자가

자신의 손가락 사이와 방바닥에 끈적이는 점액질을

닦아 내고 있는 것을 나, 실크 커튼은 본다.

그리고 나는 그가 모래처럼 흩어져 있다가

다시 하나의 모래성으로 모이는 것을 볼 것이다.

그녀는 몇 시간 뒤 수돗가에서 다시 발을 씻을 테고

그때 그는 나, 실크 커튼 앞에 서서

나, 실크 커튼을 통해 안전하게 보여지는 그녀의 자태를

훔쳐보며 굳은 모래성을 쌓을 것이기에.

결벽증에 걸린 뜨거운 여자이자
한 줌의 모래 1과
욕정이 절정에 달한 결핵 3기의 남자인
한 줌의 모래 2의
서로 만나지 못하는 연극.
나, 실크 커튼으로 가로막힌

요리사와 단식가

1

301호에 사는 여자. 그녀는 요리사다. 아침마다 그녀의 주방은 슈퍼마켓에서 배달된 과일과 채소 또는 육류와 생선으로 가득 찬다. 그녀는 그것들을 굽거나 삶는다. 그녀는 외롭고, 포만한 위장만이 그녀의 외로움을 잠시 잠시 잊게 해 준다. 하므로 그녀는 쉬지 않고 요리를 하거나 쉴 새 없이 먹어 대는데, 보통은 그 두 가지를 한꺼번에 한다. 오늘은 무슨 요리를 해 먹을까? 그녀의 책장은 각종 요리 사전으로 가득하고, 외로움은 늘 새로운 요리를 탐닉하게 한다. 언제나 그녀의 주방은 뭉실뭉실 연기를 내뿜고, 그녀는 방금 자신이 실험한 요리에다 멋진 이름을 지어 붙인다. 그리고 그것을 쟁반에 덜어 302호의 여자에게 끊임없이 갖다 준다.

2

302호에 사는 여자. 그녀는 단식가다. 그녀는 방금 301호가 건네준 음식을 비닐봉지에 싸서 버리거나 냉장고 속에서 딱딱하게 굳도록 버려둔다. 그녀는 조금이라도 먹지 않기 위해 노력한다. 그녀는 외롭고, 숨이 끊어질 듯한 허기만이 그녀의 외로움을 약간 상쇄시켜 주는 것 같다. 어떡하면 한 모금의 물마저 단식할 수 있을까? 그녀의 서가는 단식에 대한 연구서와 체험기로 가득하고, 그녀는 방바닥에 탈진한 채 드러누워 자신의 외로움에 대하여 쓰기를 즐긴다. 흔히 그녀는 단식과 저술을 한꺼번에 하며, 한 번도 채택되지 않을 원고들을 끊임없이 문예지와 신문에 투고한다.

3

어느 날, 세상 요리를 모두 맛본 301호의 외로움은 인육에까지 미친다. 그래서 바싹 마른 302호를 잡아 수플레를 해 먹는다. 물론 외로움에 지친 302호는 쾌히 301호의 재료가 된다. 그래서 두 사람의 외로움이 모두 끝난 것일까? 아직도 301호는 외롭다. 그러므로 301호의 피와 살이 된 302호도 여전히 외롭다.

길 잃은 사람들

가락국수같이 어지러이 풀린 국도 위로 벌레같이 작은 시외버스가 달렸다. 길안 10km. 길가에 선 도로 표지판은 옷 벗긴 마네킹같이 무표정하다. 버스는 달린다. 간이 정류소마다 기침하듯 멈추면서 버스는 달린다. 얼마나 달렸을까. 버스는, 길안사 방향. 이라고 쓰여진 흰 이정표 앞에 뽀얀 먼지를 털어 내며 다시 멈추었다. 빠끔히 승강문이 열리고, 등산복 차림의 두 남녀가 내려서고, 호로롱, 버스는 저 혼자 달려갔다.

여기서부터 걷는 거야, 응?
그래, 걷는 게 싫어 응?
얼마나 걷는데, 응?

남자는 말없이 여자의 뺨을 톡, 쳐 주고 그녀의 가녀린 등에 그녀 몫의 배낭을 메어 준다. 그리고 자신의 등에도 무거워 보이는 배낭을 울러메곤. 가자, 한다. 그래 간다. 도시에서의 삶은 여러 가지 환멸 가운데 그들 사랑을 있게 했다. 목이 아픈 공해와 귀가 먹먹하던 소음들. 그리고 시시각각 쏟아지던 어두운 범죄. 그들은 그런 도시를 벗어나, 한 일주일쯤을 길안사에서 보내려고 한다.

공기가 신선하지, 응?
그래 정말 좋다, 응?
이런 데서 살고 싶지, 응?
정말 살면 안 돼, 응?

남자는 좁은 오솔길 사이로 늘어진 싸리나무며 아카시아 가지 옆으로 척척 걷어 주며 앞장서 간다. 그 뒤를 바싹 붙어 따라오는 여자. 사내는 한 여자의 앞길을 책임진다. 남자가 된다는 것은 책임진다는 말이고 길을 안다는 말이다. 그런 생각이 남자의 기분을 턱도 없이 즐겁게 한다. 휘파람을 분다. 이렇게 기분 좋게 가면 금세 길안사에 닿을 수 있으리라. 거기서 마당 빌어 버너에 불붙이고 호르륵, 밥을 해 먹어야겠다.

형 배고프다, 응?
많이 고프니, 응?
난 아침 못 먹었단 말이야, 응?
길안사 가서 먹자, 응?

길안사 어디 있나. 갈림길에서 내리면 금방이라던 길안

사가 뵈지 않는다. 분명 저 산길과 바위로 덮인 계곡 속에 법어가 있고 각오가 있을 텐데. 남과 여는 많은 시간을 걸었고 발가락이 부르텄는데 새끼발가락이 없습니다. 이게 무슨 심보인가. 길안사는 머리카락을 꼭꼭 숨겨 버린 것 같았습니다.

    못 찾으면 어떡해, 응?
    정성으로 빌어, 응?
    길 잃고 못 나오면, 응?
    너와 내가 길안사 되겠지, 응?

빌어도 길안사 보이지 않는다. 제길, 버림 받은 기분이다. 아니면 정성이 부족한 탓일까? 혹은, 진여란 아무에게나 모습을 드러내지 않는단 뜻일까? 에잇, 길안사를 찾을 수 없구나! 남자는 비탈길 가운데 여자를 쓰러뜨린다. 그리고 과도로 꽂듯 그녀의 깊은 문을 콱, 찔러 버린다. 피! 이것을 목적으로 원하였던 바는 아니나 그녀도 후회하진 않는다.

    널 갖고 싶었어, 이해하지, 응?

그런데, 형은 날, 사랑해, 응?

응…… 사랑해…… 좀, 움직여 줄래, 응?

……응…… 이렇게? 응?

얼마나 많은 젊은이들이 주말 등산 혹은 여름 바캉스에
와서 이렇듯 허망한 사정을 이루는 것일까. 여자는 무릎
을 굽히고 자신의 막, 유린된 그곳을 두 눈 뜨고 본다.
막, 갔구나! 여자는 울고 남자는 무안해서 길가의 들꽃을
꺾어 벌려진 그녀의 입으로 들이민다. 그 맛이 쓴지, 단
지 훌쩍이며 여자는 웃어 버렸다. 산 너머 어디선가, 깨
어진 듯 상처 입은 범종이 들려온다.

그래, 잘 된 거다, 응?

몰라, 형이 책임질 거지, 응?

그래, 부모님부터 만나자, 응?

응.

약간의 식료품과 약간의 의약품들. 그리고 트랜지스터
라디오, 화투장, 옷가지 등속을 잔뜩 처넣은 배낭을 다시
메고 두 사람은 왔던 길로 되돌아온다. 추방인가? 공해와

소음과 범죄뿐인 땅으로? 발도 디뎌 보지 못한 길안사에 불칼이 서 있을 것 같은 생각이 든다. 왠지 억울한 생각이 든다. 차라리 사랑을 배웠다는 생각도 든다. 이런저런 생각이 마구 든다. 그러던 어느새 두 사람은, 길안사 방향, 이라고 써 갈긴 하얀 이정표 앞에 다시 섰다. 그러자 길 끝에서 버스가 달려온다.

햄버거 먹는 남자

냉장고 문을 열자 희미한 야간등이 비친다
그는 채소 더미 속에 묻힌 햄버거를 꺼내고
코카콜라 캔을 하나 꺼낸다 그리고
티브이를 보던 방으로 돌아와 햄버거를 싼
폴리에스터 곽을 쓰레기통에 넣고
조심스레 은박지를 벗긴다 깡통 고리도 따서
쓰레기통에 곱게 넣는다

콜라를 한 모금 마신 다음 그는 약간
딱딱해진 햄버거를 한 입 베어 문다 추풍령
저쪽에서는 비가 내리는지 티브이에서는
삼성과 해태의 우중 경기가 보여진다 그는
천천히 햄버거와 코카콜라를 먹어 치우고
방바닥에 흘린 소스를 휴지로 닦아 깡통과
은박지와 함께 쓰레기통에 버린다.

오늘 저녁에도 어머니는 잊지 않고 햄버거를 사 오실까
그는 어머니가 계시는 아케이드로 전화를 한다
…… 엄마 …… 나야 …… 많이 팔았어? …… 집에 들
어올 때

햄버거 사 와 …… 그래 …… 집엔 아무 일 없어 ……
전화세가 나왔어 …… 기본 요금이야 …… 그는
발밑으로 기어 들어오는 집게벌레를 신문으로 덮어
눌러 죽인 다음 쓰레기통에 넣는다

저녁이 되어 어머니께서 햄버거 두 개를 사서
돌아오셨다 그는 한 개를 먹고 한 개는
냉장실에 넣어 둔다 …… 어머니 …… 삼성이 해태를
6대 4로 눌러 이겼어요 …… 밤이면 그는 이빨을 닦고
자신의 방을 깨끗이 쓸고 닦은 후 이불을 펴고
눕는다 천장에 달린 형광등이 길로틴처럼 뿌옇게
빛난다 나는 내일도 햄버거를 먹을 수 있겠지

냉장고

냉장고 문 여닫는 소리가 들렸다
어머니가 없는 사이에 이모가 와서 내
햄버거와 과실과 콜라를 먹어 치우고 있구나
편도염에 걸려 며칠을 누워 있는 동안 어머니는
냉장고 가득 햄버거와 과실들을 채워 주셨지
그런데 이모가 와서 내 것을 다 먹어 치우는구나
그는 자리에서 일어나 벽을 잡고 부엌으로 갔다
그녀는 엎드려 믹서기 플러그를 꽂고 있었다
그가 등 뒤에서 기척을 내자 그녀가 올려다보았다
"너에게 주려고 토마토 주스를 만들려는 참이야"
그녀의 두 다리 위로 치마가 약간 올라가 있었다
"빨리 가서 누워라 넌 지금 많이 아파"
나는 부끄러워서 뛰듯이 방으로 돌아와 누웠다

심야 특식

심장의 박동이 점점 느려지고 있다.
무슨 일이 일어났던가?
나는 죽어 가고 있다.

밤늦은 시각이었지러. 시계는 1시 39분을 가리키고 있었고, 나는 집을 향해 힘껏 액셀러레이터를 밟고 있었읍지. 오늘 하루도 무척 피곤했었고, 매일 가중되는 피로로 나는 쇠처럼 무거워지고 있었읍지. 이렇게 쇠처럼 둔감해지다가, 어느 날 운전사는 핏기 없는 자동차 부품으로 변해 있기도 하는 것이겠지. 하루 16시간 노동에 임금은 19망 5천 160원. 전업이라도 해 버릴까? 그때였읍지러. 길가에 어떤 여자가 서 있었읍지. 새하얀 원피스를 입은 그 여자는 나에게 차를 세워 달라고 손짓을 하고 있었겠지러. 나는 피곤했읍지. 그러나 이번 주말까지 곗돈 3망원이 필요하다는 아내 말을 생각하고서, 한 손님 더 받자고 생각했지러. 그래서 나는 차를 세웠읍지. 그러자 그녀는 바로 내 옆 좌석의 문을 따고 앉았더군. 술집 여자가 아닌가도 싶었는데, 화장기가 없는 것이어서 여염집 처녀 같았지러. 어디까지 가냐고 물었읍지. 그녀는 시외주차장 가자고 했지러. 그래, 나는 갔읍지. 이상한 건 말이끄라우,

똑바른 길을 두고 두류공원을 돌아가자는 것이었댔는데 나는 아무 말 않았읍지. 이만한 미인을 태워 보기는 난생 처음이었끄러. 암암, 그녀에게선 좋은 향수 냄새가 났고, 쇳덩이에서 떨어져 내리는 붉은 녹같이 나는 약간의 피곤 기가 가시는 걸 느꼈읍지. 그녀는 심심한 듯 이야글 했지. 나는 디트로이트에서 살았지요, 그러나 거기서 나 김영순은 죽었지요, 라고 슬픈 듯 이야글 했지러. 아마 그녀는 양공주로, 미국인과 결혼을 했었던 듯했군입지. 그런데 왜 다시 한국으로 쫓겨 왔을까? 아, 맞았으러. 미국엔 탐의 본처가 있었다는군입지. 그 이야글이 끝나 갈 때쯤이었지러. 그녀는 자신의 스커트를 자꾸 무릎 위로 걷어올리고 있었읍지. 가끔 차비 없는 여자들이 그런 공세를 하지러. 그러나 그것도 아닌 것이 그녀는 미리 준비나 한 듯 자신의 중요한 속옷을 아예 입고 있지 않았읍지. 디트로이트는 그녀에게 어떤 성적 폭행을 가했나? 두 허벅지는 희고, 음모가 검은 것이 언뜻언뜻했는데 나는 컥, 숨이 막혔읍지. 그때 다시, 그녀가 나의 목덜미를 엄청 사랑해 버렸지러. 그것은 그녀의 두 팔이 나를 꼭 안아 버렸다는 말인데, 엉겁결 차를 세우고 보니 두류공원 언덕바지였읍지. 그녀는, 외로운 사람들만이 카섹스를 하지요. 어쩌지요. 해댔었군. 그래. 나는 세상에서 가장 멋진 자동차를 몰았었댔군. 그래, 나는 갔어. 나는 전진 기어를 넣었고, 그녀는 후진 기어를 넣었읍지. 숲 속에 풀뎅이 한 마리. 다만 이 풀뎅이는 기묘한 소리의 울음을 울지러. 그리고 그 울음이 끝났을 때, 그녀는 차에서 내렸읍지. 그러면서 자신의 이름은 미드나잇 스페셜인데, 흔히 이곳 운전사들은 심야 특식이라고 바꾸어 부른다는군입지. 아, 그러고 보니 이 여자가 야밤에만 나타나 운전사를 유혹한다던 바로 그 심야 특식이구나. 나는 멍청, 길가에 쪼그리고 앉아 담배를 피우는 심야 특식의 신비스런 자태를 바라봤지. 그렇게 망연 쳐다보다가 시동을 걸어 언덕바지를 슬슬 내려왔읍지. 한 50미터를 왔을까? 갑자기 심장의 박동이 느려지면서, 손과 발로부터 힘이 빠져 달아났지러. 그래, 세상은 참 피곤했던 거라구. 가물거리는 의식 속에서도 나는, 그 짓 중에 죽지 않은 것만 해도 다행이라고 생각했읍지. 생각해 봅지. 하반신이 벗겨진 채, 좃대강이에 잔뜩 정액을 묻혀 놓고 죽었다면 얼마나 부끄럽겠쓰끄려? 나는 머리를 운전대 앞으로 서서히 떨어뜨렸지러. 그러면서 백미러를 통해 무엇이 보인다고 느꼈지러. 그녀는 어린 시절 할머니한테 들었던, 백년 묵은 여우였을까. 흰 소복을 하고 나그네를 유혹한다던? 백미러를 통해서 나는, 지나가는 택시를 잡아타는 그녀의 모습을 언뜻 보았읍지. 그것을 마지막으로 나는 내 머리를 완전히 운전대 위로 떨어뜨렸댔군. 그 순간, ──죽는 순간──난 행복에 겨웠던지 노래하듯 크락숀을 울려댔읍지. 마치 한 영혼을 하늘 높이 밀어 올리려는 듯, 그 크락숀 소리는 크고 맑게 싸아한 밤하늘에 울려 퍼졌읍지.

포장 상품
— 노래 부를 수 있도록 가사를 첨부시킨 시

온에어가 되자
가수는 방음된 유리 상자 속에서
앵무새 같은 입을 벌려 노래하고
유리로 된 녹음실 밖에서는
엄격하고 말 없는 기술자들이
무수한 버튼과 계기를 만지며
그의 음성을 마스터 테이프에 감는다
'사랑이란 왠지 모른 척해도 관심이 있는 게 사랑이야
그대 믿을 수 없어 애타는 마음이 사랑이야
그대 소중한 것을 모두 다 주는 게 사랑이야
행복이란 끝없이 그대를 위한 사랑을 하는 게 행복이야
눈물 거두지 않을 사랑을 주는 게 행복이야
언제까지나 항상 떠나지 않는 게 행복이야
이별이란 빨간 눈물의 꽃이 하나 둘 피는 게 이별이야
하얀 믿음의 꽃이 하나 둘 지는 게 이별이야
나의 가슴이 온통 무너져 가는 게 이별이야
그대가 나를 위해 사랑을 간직하고 있다면 언제까지나
수많은 나날의 그 사랑을 보여 주오
내 작은 사랑으로 행복을 간직할 수 있다면 언제까지나
수많은 나날의 그 사랑을 보여 주오'

장시간에 걸친 녹음이 끝나고
마스터 테이프는 몇 가지 기술적인 더빙을 거쳐
레코드를 생산하기 위한 프레스 작업에 들어간다
한편 몇 달간의 녹음으로 초주검이 된 가수는
레코드 회사 사장이 빌려준 승용차를 타고
자신의 아파트로 기어 들어가 뻗는다
그리고 몇 달간의 밀린 잠을 잔다
그사이 전국의 레코드 상회에서는
새로 발매된 그의 레코드가 전시되고
레코드 상점의 점원은
포장된 한 인간을 팔기 시작한다.
"새로 나온 레코드 들어 보시겠어요?"
성대 이상이 생긴 가수가 이비인후과에 다닐 때
잠도 자지 않고 목도 쉴 줄 모르는 레코드는
저 혼자 불티나게 팔리고 부지런히 전파를 탄다
녹음이 끝나는 순간 가수는 죽어 버렸고
그는 갈가리 찢긴 채 플라스틱 수지 속에 포장됐다.

〈중앙〉과 나

그는 〈중앙〉과 가까운 사람
항상 그는
그것을 〈중앙〉에 보고하겠소
그것을 〈중앙〉이 주시하고 있소
그것은 〈중앙〉이 금지했소
그것은 〈중앙〉이 좋아하지 않소
그것은 〈중앙〉과 노선이 다르오
라고 말한다

〈중앙〉이 어딘가?
〈중앙〉은 무엇이고 누구인가?
보이지도 들리지도 않는 〈중앙〉으로부터
임명을 받았다는 이 자의 정체는 또 무언가?
〈중앙〉을 들먹이는 그 때문에
자꾸 〈중앙〉이 두려워진다

우리가 사는 곳에서 아주 먼 곳에
〈중앙〉은 있다고
명령은 우리가 근접할 수 없는 아주
높은 곳에서부터 온다고

그는 말한다
그리고 이번 근무가 잘 끝나면
나도 〈중앙〉으로 간다고
그는 꿈꾼다

그러나 십 년 세월이 가도
〈중앙〉은 그를 부르지 않는다
백 년 세월이 그냥 흘러도
〈중앙〉은 그에게 편지하지 않는다
〈중앙〉은 왜 그를 부르지 않는가?
〈중앙〉은 왜 그를 기억하지 않는가?

저 대형 사진

저 대형 사진
관청의 입구와
법원의 계단과
학교의 교실 그리고
경찰서 흰 벽 위에
저 대형 사진은 붙어 있다

누구의 얼굴인가
저 대형 사진 속의 인자한 미소는
저 대형 사진 속의 날카로운 두 눈은
저 대형 사진 속의 기괴한 얼굴은
날마다 커진다

집집의 안방에까지 침투해
자신의 사상을 강요하는
저 대형 사진!
머지 않아 교회의 제단에마저
저 대형 사진을 내걸고
그를 경배해야 할 날이 온다

온 벽 가득한
저 대형 사진!
저 사진 뒤에는 얼마나 많은
패배한 사람들의 사진들과
멋모르는 가족사진들이
은폐되어 있을까?

저 대형 사진 떼어 내자
저 대형 사진 깨부수자
피라밋을 건설했던 노예같이
저 한 사람의 대형 사진을 위해
우리가 봉사할 수 없다

화물선

화물은 실린다. 벌거벗은 한 마리 암놈의 개성 위로 주 뼛주뼛 소심한 화물, 태양에 그을은 구릿빛 화물, 기합 든 화물, 까까머리 화물, 정념이 게 발처럼 느리게 움직 이는 한 사나이의 욕정이 실린다. 벌거벗은 순이의 순순 한 개성 위로 육군 김일병, 경상도에서 부쳐 온 무뚝뚝한 보리 문둥이가 실린다. 미안해라는 말도 없이, 순이의 비 쩍 마른 순라 위로 겁 많은 휴가병의 가뿐한 체중이 실린 다. 사랑한단 비겁한 말도, 당신 아름다워요 따뜻한 말도 없이, 순이의 순량한 식탁 위에 경상도에서 부쳐 온 소인 없는 화물이 실린다. 전생에 만난 인연도, 다시 만날 기 약도 없이, 매일 순이의 순박한 몸뚱아리를 찍어 누르는 화물들. 매일 밤. 발신인도 없는 화물이 마산과 원주 혹 은 이리와 여수로부터 부쳐진다. 달나라에서 떼어 낸 한 조각 광석같이 빛나지 않는 화물, 베네수엘라 우표를 붙 인 듯 낯선 화물이 순이의 순진한 척추를 마구 짓누른다. 그러나 트럭같이 튼튼한 순이, 순정의 순이는 터지지 않 는다. 토요일에 세 개, 일요일에 네 개, 햇밤 같은 화물 을 아랫배에 싣고서도 순은의 순이는 짜부라지지 않는다. 화물에 터져 죽는 불상사라곤 일어나지 않는다. 누군가 세심한 배려를 아끼지 않는 분이 있어 순이의 순백한 갈

비뼈가 부서지는 일이라곤 없다. 시간의 아스라한 곳까지 생의 화물을 싣고 가는 순이. 그리고 다시 돌아와 새로운 화물을 싣고 먼바다로 떠나가는 순이. 순풍에 돛 단, 이 악문, 당찬, 꼭 남자 같은, 우리의, 철근 같은, 화물선 같은, 순결한, 순교자적!

검은 장정

저 책!
알 수 없는,
검은 장정을 한 책.
표지가 너무 무거운 책.
한 팔로는 도저히 열 수 없는 책
저 책!

온몸으로,
아아 저 책.
온 척추로 밀어 올려야
비로소 열리겠다는
에잉,
저! 저! 저! 저!

책! 책! 책!
검은 옻칠을 뒤집어쓴 저! 저! 저!
내 죽어야 비로소 열리겠다는
검은 책.
검은 관.
미지의 검은 장정.

미국 고전

왜 좀 더 빨리 뽑지 못했던가?
나는 죄 때문이 아니라
치밀하지 못함 때문에 죽는다.

　그날도 나는 리볼버 48구경을 허리에 차고 뉴욕 시가지를 서성이고 있었었지. 나는 해 진 뉴욕을 공포로 몰아넣는 파렴치한 강간범이었었댔는데 사람들은 나를 가리켜, 성난 피스톨이라고 불렀었지. 그런 별명을 익히 알리는 데에는 씨 비 에스, 엔 비 씨, 에이 비 씨 등의 방송과 뉴욕 타임즈, 워싱톤 포스트, 유 에스 뉴스 앤드 월드 리포트 등의 신문들이 관여했었지. 나는 홀로 있는 금발의 아가씨만 보면 그 옆으로 쓱, 다가가 그녀의 허리께에 총신을 들이대곤, 내 이름은 성난 피스톨, 너의 고조할아버지를 만나고 싶지 않거든 나를 따라와, 라고 해댔었었지. 그러면 보통은 쉽게 체념하며 내 갈 길을 따라와 주었었지. 나는 그렇게 순순히 따라오는 금발을 도시의 가장 으슥한 곳으로 데려가 억지 정사를 벌이곤 했었었지. 달빛 아래 한 사람이 죽으면 피 냄새가 번지지만 수은등 아래에선 백 사람이 죽어도 땀 냄새조차 나지 않는 것이었었지. 해만 지면 모든 죄악이 어둠 속에 숨겨지고, 아침이면 모든 범죄들이 햇빛에 살균되듯 소롯이 사라지는 것이 도시였었었지. 숨겨짐과 사라짐, 그게 도시의 속성이라고 말하여질 수 있는 것이었지. 그러나 사라진다고, 완전히 없어지는 것이 아니며 숨겨진다고 그것이 애초부터 실재하지 않았던 것이라고는 말할 수 없는 것이었었지. 어쩌면 한낮의 도시를 움직이는 모든 시민들이, 바로 어젯밤의 범죄인에 해당한다고 말할 수도 있는 것이었었지. 우리들은 어제의 어둠 속에서 어떤 일들이 일어났는지를, 거리마다 퍼질러진 토사물을 통해서나 겨우 짐작하는 것이었었던 거지. 즉, 그 토사물을 통해, 어젯밤에 누군가, 오바이트를 할 만큼 술을 마셨다는 것을 짐작할 순 있지만, 이미 그 토사물 앞에 그자의 면상은 사라지고 없는 것이었었지. 나는 그런 도시에 기생해 살고, 그런 도시의 신비를 좋아하고 있었었어. 그런 의미에서 나는 도시신비주의자쯤 되었었겠지. 그래, 나는 도시신비주의자! 그날 밤도 나는 늘 하던 식으로 한 금발머리 계집을 위협하여 센트럴 파크의 어슥한 벤치로 납치했었지. 그녀는 겁을 잔뜩 먹은 채였었지만 순순히 따라와, 고분고분 나의 말을 들었어. 그녀와의 강제 정사가 끝나고 나서, 무릎까지만 내렸던 나의 바지를 나는 주워 올렸었었지. 그리고 하반신이 벌거벗긴 채로, 벤치에 일어나 앉은 그녀에게 이렇게 말했었었지. 너는 내가 먹은 여자 가운데 가장 못난 애야. 그때 나는 그녀의 심히 일그러지는 표정을 보았었었지. 나는 기분 좋은 정사 끝에 괜한 말을 지껄였었구나, 하고 속으로 후회했었었지. 그러나 한 번 뱉은 말을 다시 주워 담을 수 없다는 것을 잘 알고 있었으므로, 한 번 더 그녀를 속상하게 할 양으로 깊은 골짜기가 파인 그녀의 젖가슴 사이에 침 한 방울 뱉아 주었었었지. 그리고 천천히 뒤돌아서서 몇 발자국을 걸어갔을 때였었지. 그녀가, 잠깐만, 하고 불렀었어. 나는 뒤돌아봤었지. 그러자 그녀는 자신의 핸드백을 끌어당겨 그 손잡이를 열며, 제 명함 하나 받아 가시죠, 라고 말했었지. 그 말이 끝나는 것과 동시에 그녀의 손엔 콜트 연발이 들려져 있는 것이었었어. 나는 황급히, 허리로 손을 가져갔었어. 그러나 이미 나는 그녀보다 0.5초 늦고 있었었고, 순식간에 그녀의 성난 피는 내 캄캄한 가슴을 적시고 말았었지.

달리고, 주저앉고, 죽다

인간이란? 그리고
인생이란?
그것은
달리고, 주저앉고, 죽는 것!

별안간, 갑자기, 그는, 시내 한가운데를, 달리기 시작
했다. 마치, 벌에 쏘인 개같이, 그는, 별안간, 갑자기,
냅다, 뛰어, 달리기 시작했다. 외롭게, 슬프게, 그 누구
도 도와줄 수 없이, 단독자인 그는, 헉헉, 거리며, 숨이
가쁘도록, 냅다, 뛰어, 달리기 시작했다. 얼마나 달렸을
까, 이마에 송글송글 열리는 땀방울은, 바람에 휘날리고,
뜨겁게 쏟아져 나오는 거친 숨은, 공기와 섞이며, 얼굴에
들러붙는다. 헉헉헉, 그는 지금 멈출 수가 없다. 헉헉헉,
그는 지금 쉴 수가 없다. 카바레를 지나, 약국을 지나,
학교와 법원을 지나, 국기게양대를 지나, 민정당사를 지
나, 경향신문 보급소와, 서점을 지나, 그는, 별안간, 갑
자기, 냅다, 눈 질끈 감고, 뛰어, 달리기 시작했다. 오,
외로워, 오, 슬퍼, 그의 폐는 불탈 듯이 뜨겁고, 목까지
차오른 거친 숨으로 그의 머리는 어지럽다. 그러나, 그
누구도 도와줄 수 없이 단독자인 그! 헉헉, 거리며, 아아

아, 소리치며, 그는, 냅다, 눈 질끈 감고, 이 악물고, 뛰어 달린다. 방송국도, 조산원도, 미술관도, 음악당도, 그를 도와줄 수 없다. 그는 너무나 외롭고, 슬프다. 지금 그는 너무나 바쁘고, 다급하다. 누구의 사랑을 받을 수도 없이, 누구에게 사랑을 줄 틈도 없이, 바쁜 그! 그는 뛰고, 달려, 들판으로 간다. 그는 뛰고, 달려, 넓디넓은, 푸른, 들판을 찾아간다. 인간이란? 그리고 인생이란? 그는 들판을 찾아, 허리띠를 풀고, 바지를 벗어 내린다. 항문은 더 이상, 용변을 막아 놓을 수 없다. 숨이 찬다. 하늘의 푸른 것이 땅으로 내려오고, 들판의 푸른 것이 하늘로 올라간다. 무릎까지 바지가 내려오기도 전에, 애써 막아 놓은 용변은, 항문을 열고, 흘러내린다. 동시에 그는, 별안간, 갑자기, 냅다, 뛰어, 달린, 심장의 긴장을 견디지 못하여, 푸르락, 푸르락, 크고, 거친 숨을, 몇 번, 내어쉬다가, 무릎을 꿇듯이, 푸른 잔디 위에, 주저앉아, 한 사람의 심장을, 고요히, 정지시킨다. 하늘 높직이서 보기에 ──인공위성?──그의 육체와, 영혼과, 용변은, 푸른 잔디 위에, 놓인, 하나의, 정구공처럼, 구분되지 않는다. 그는, 미소를, 띤다. 비로소, 부끄럽지 않게, 되었다.

늙은 창녀

입을 맞춰 줘… 음… 됐어… 이젠… 내… 보×를… 핥
아… 아… 기분이 좋아… 이리 와… 너의 성기를 빨고 싶
어… 냄새가 좋아… 이젠 너의 것을 내 항문으로… 집어
넣어… 그렇게… 아… 이번엔… 가죽 혁띠를 가져와… 나
의 등을 때려… 더… 세게… 세게… 세게… 넌… 네… 어
머니의… 젖을 빨고 자랐을 테지… 오늘은… 내 젖무덤
에… 오줌을 갈겨… 아… 따뜻해… 아… 됐어… 네가 더
럽혔으니… 깨끗하게… 네 입술로 닦아 줘… 그래… 그
래… 젖처럼… 달지… 꼭… 어린 시절로… 돌아가는 것…
같지? … 나도… 엄마나 된… 듯… 기분이 좋아… 이젠…
뭘… 할까… 그래… 동전을 한 움큼 가지고 와… 그걸…
보×에 넣어 봐… 그래… 하나… 둘… 셋… 다섯… 열…
끝없이 넣어 줘… 끝없이… 그런 다음… 우리 다시 한
번… 하는 거야… 그런데… 넌… 왜… 꼼짝도 하지… 않
는 거지… 미안하다고… 미안해서… 시키는 대로… 할 수
없다고? … 멍청이… 미안한 부분마저 나를 사랑해 줄 수
는 없어? … 사랑은 너와 나 사이에 가로놓인… 미안함
을… 미안하다는 뜻의 추악함을… 하나씩 없애 가는 거
야… 자… 해봐… 해… 난… 사랑을 확인하고 싶은 거
야… 얼마만큼 네가… 나를… 사랑하는지… 아마… 네

가… 나를… 끔찍이도 사랑하고 있다면… 내가 말한… 모든 것들을… 너는… 맛볼려고… 들 거야… 해… 하라니까… 난… 괜찮아… 난… 난… 멍들거나… 찢어져도… 좋아… 자존심 같은 거… 옛날에 팽개쳤어… 그런데… 넌… 못하는구나… 진정으로… 날… 사랑하지 않는구나… 넌… 바지 지퍼만 내리고… 간단히… 하고 싶은 거지… 벽에 세운 채… 나의 치마를 들쳐 놓고… 빨리… 한 번만 하고 나서… 집으로 돌아가고 싶은 거지… 그렇지? … 그렇지? … 개새끼… 너는 개새끼야… 그래… 난… 너 같은 놈들을… 알아… 잘 안다구… 흐흐… 좋아… 빨리해… 그리고… 꺼져… 꺼져… (여자, 개처럼 짖는다.) 멍멍… 꺼져… 멍멍… 가… 멍멍… 멍멍… (하늘에는 달, 어둔 골목에는 개, 그 막막한 사이를 바라보며, 여자 혼자 운다.)

약속 없는 세대

우리들은 약속 없이 만나지 않는다. 우리들은 언제나 약속을 하고서야 만난다. 왜냐하면 우리에겐 이미 약속 없이 만날 수 있는 영감이 사라진 지 오래니까. 하므로 우리에게 약속 없이 만나는 갑작스런 기쁨이 선사되는 일이라곤 없다.

그렇다고 해서 대체 우리가 어떤 약속을 하기나 했다는 걸까. 우리들은 우연히 길거리에서 만났고, 우연히 극장에서 만났는데. 그리고 디스코 텍과 맥주 홀에서 우연히 만났는데. 또, 한 잔 더 하기 위해 찾아들어 간 포장집에서 우연히 만났는데. 그래, 이런 일들이 정말 어떤 약속하에 이루어진 것일까, 정말 어떤 약속하에?

——믿기는 어렵다.

우리들이 만나기 위해 더는 약속이 필요치 않다. 우리들은 약속 없이도 만날 수 있는 예민한 습관을 가지고 있다. 티브이를 켜면 만나지는 얼굴같이, 너와 내가 만나는 것은 타성이다. 우리들은 그 습관 위에서 만난다.

진정 사랑할 만한 그녀를 공들여 찾아내고, 전화번호를 훔치고, 그녀가 있을 만한 시간을 점쳐 몇 번이나 망설인 끝에 전화를 하고, 실랑이 끝에 만날 약속을 하고, 어렵게 장소를 정한 그날부터 만날 날을 손꼽으며 하루 또 하루를 보내고, 가슴 아프게 기다리고, 수첩을 확인하고, 달력을 보고, 또 보고, 그날이 되어 아껴 둔 셔츠를 입고, 정성 들여 구두를 닦고, 하숙집 아주머니에게 두 사람 몫의 커피값을 비는 일은 이제 할 필요가 없다.

깨끗이 씻은 두 손으로 고급한 요리를 차례대로 먹듯, 그런 약속된 형식을 누리는 즐거움은 사라졌다. 우리들은 버려진 고아같이 약속 없는 거리에서 만난다. 우리들은 두 손을 호주머니 깊이 찌르고 거리를 걷다가, 첫눈에 서로 반한다.

우리들은 첫눈에 반하기를, 너무 잘하는 세대. 남자들은 길거리에서 아무 여자나 잡아 강간을 하고 여자들은 잘난 사내를 애태우며, 그 완강한 근육 속에 천천히 잡혀들기를 원한다. 그리하여 우리들은 혼음으로 젊음을 다 떠나보낸다.

우리들은 약속 없는 세대. 노상에서 태어나 노상에서 자라고 결국 노상에 죽는다. 하므로 우리들은 진실이나 사랑을 안주시킬 집을 짓지 않는다. 우리들은 우리들의 발끝에 끝없이 길을 만들고, 우리가 만든 그 끝없는 길을 간다.

우리들은 약속 없는 세대다. 하므로, 만났다 헤어질 때

이별의 말을 하지 않는다. 우리들은 헤어질 때 다시 만나자는 약속을 하지 않는다. '거리를 쏘대다가 다시 보게 될 텐데, 웬 약속이 필요하담!' ──그러니까 우리는, 100퍼센트, 우연에, 바쳐진, 세대다.

극비

나는 세계의 비밀을 안다
나는 숨겨진 세계의 스캔들을 알고 있다
미안하게도 나는 세계의 치부를 알아 버렸다
1962년 1월 6일 새벽 4시 41분
나는 세계의 배후에 도사린 거대한 범죄의
흑막을 알아 버렸다

나는 말해야겠다
교황청의 사자가 나를 파문시키기 전에
씨아이에이와 케이지비가 경쟁하듯
나를 예비 검속하기 전에
혹은 도덕 재무장 운동의 청년 회원에게
린치당하기 전에
나는 서둘러 말해야겠다
세계의 배후가 보관하고 있는
치사한 극비 사항을

세계의 비밀이란
나는 부모의 태로부터 낙태당했다는 것
나뿐 아니라

혈통 좋다는 너, 너, 너, 너마저
한낱 지구란 쓰레기통에 버려진
낙태아라는 사실!
익명으로 이루어진 인류
우리 모두는 방금 대학을 빠져나온 서툰 인턴에게
카, 카, 칼질당했다

들어라 원숭이들아
누렁이 흰둥이 검둥이 오랑우탄
원숭이란 원숭이 모두 들어라
연속된 낙태에 의해 세계는 존속하여 왔다
들어라 살인자들아
육군 해군 장군 멍군
살인자란 살인자 모두 들어라
세계는 태아 살해로 이루어졌다
(이것이 세계의 비밀
세계의 스캔들이다)

불타는 집

집이 불타고 있었다.
먼저 온 고참들의 여섯 개째 운동화를 빨아 헹굴 때
우리 살던 옛집 지붕이 불타고 있었다.
고름처럼 가늘게 수돗물이 흘러나오고
두 손이 하얗게 얼어 터진 겨울 저녁
집이 불타고 있었다.
철창 밖으로 보이는 하늘이 활활활
세찬 바람에 사그라졌다.

어머니, 당신 아이는 소년원에 갇혀 있어요
매일 고참들의 신발을 빨아 헹구며
콧노래를 흥얼거린 사이
어머니 당신 집이 불타요
그리고 고삐 묶인 말처럼 아이는 발을 굴러요.
당신이 강요한 천년왕국설의 신앙을 피해
딱딱한 방석 위에서 두 시간씩 앉아 조는 집회를 피해
저녁마다 도망을 했던 아이
더 도망할 필요가 없다고 안심한 곳에서
덜컥, 덜미를 잡혀 버린 아이가
소년원에서 양말 벗은 발을 굴러요.

이 모두 당신이 예견했던 숱한 계획들의 사소한 일부겠
지요.

집이 불타고 있었다.
방주 같은 운동화를 빨아 헹구는 겨울 저녁
철창 밖으로 보이는 하늘이 불타고 있었다.
수돗물은 가늘게 흘러나오고
몸은 움직일 수 없는데
어머니 집이 불타요. 어머니
용서하세요. 저는 제 몸을 작살내기로
결심을 해요. 여섯 개 운동화에
여섯 조각낸 몸뚱이를 숨기고,
물을 가득 싣고,
무지개를 밟은 듯 흐르는 비눗물 타고,
아이는 철창 밖으로 달아나요.
숱한 감시의 눈을 뚫고 몰래 나가요
불타는 집을 끄러!

어머니, 어머니, 당신의 집
하늘이 불타고 있어요.

언젠가 너무 많은 방화수를 낭비한 당신
이제 아무도 돌보지 않는
병들고 지친 개같이 늙으신 당신
당신을 구하러 어린 죄수가 달려가요.
하늘에 계시다는 당신
성스럽고 성스럽다는 당신을 구하기 위해
죄 많은 아이, 살인자가
달려가요.

하얀 몸

하얀 몸, 당신은 어디에 있었느냐?
곤한 잠에 빠져든 소년이 불려 오고
창틀 가까이 내가 앉았을 때, 하얀 몸
당신은 보았느냐? 물에 적신 수건을 짠 후
대장님이 어린 소년의 항문을 닦을 때
동그란 그 소년의 눈매가 떨 때, 당신은 어디
있었느냐? 하얀 몸.

나는 거기 있었다. 하얀 몸, 네가 없었을 때
나는 창틀 가까이 앉았다. 하얀 몸, 그때
나는 감기에 걸려 있었다. 겨울날, 구멍 난
내복 바람으로 창틀에 쭈그리고 파수 보는 일은
힘들었다. 너는 어디 있었느냐? 정말이지 나는
힘들고, 떨렸고, 아팠다!

잠시 후, 소년은 입 큰 대장의 무릎
밑에 내리깔렸다. 나는 끙, 소리를 내었다.
모세혈관같이 섬세히 찢어진 유리 틈으로 찬 바람이
스며들었다. 기침이 터져 나오려 했다.
하얀 몸, 나는 그 소년이 항문으로 당하는 동안

그 소년의 고통을 오래 지키는 파수꾼이었다.
감기보다 고통스러웠다.

하얀 몸, 나는 손톱을 물어뜯으며
어둔 복도 밖의 운동장을 뚫어져라
노려보았다. 물론 너는 나타나지 않았고
간수 새끼 한 마리 보이지 않았다. 나는
신열이 났다. 동물적인 욕망을 채우려는
대장 자식이 미웠고, 하필이면 항문을 달고 있는
열세 살 꼬마의 저항 없는 순교도 미웠다.

이번엔 소년이 끙, 소리를 냈다. 대장 자식이
소년의 한가운데를 못질한 것이리라. 꼭, 이천 년 전의
하얀 몸, 너같이 당하고 있는 것이다. 그리고 나는
너의 처형을 속수무책하던 그 시절같이
아무것도 하지 않는다. 소년이 연이어 비명을 지른다
귀나 막을까? 듣지 못하는 개처럼? 기침이나 해 댈까?
히스테리적으로? 유리의 성에나 닦을까? 파수를 잘 보
기 위해?

하얀 애인

절망 앞에서 기다릴 때
비가 왔다. 절망 앞에서 기다릴 때
기다리며, 오지 않는 여인의
웃음을 생각할 때, 비가 오고
차들은 멋진 옷소매를 들어
자꾸 흐려지는 시야를 닦아 냈다
드라이브나 할까? 빌딩과 빌딩으로,
빗방울과 빗방울이 만드는 물막대와 물
막대 사이로 진 어렴풋한 진공 속으로.

성당. 돌로 지어 올린 절망
대구에서 제일 큰 돌집, 제일 큰
절망 앞에서 기다릴 때,
그녀는 이렇게 불안하고 지루한
시간 가운데서, 왜 빨리 나를
구원하러 오지 않는 것일까. 이런 고딕 건물
앞에서 약속하는 예쁜 그녀가 밉다.

두 명의 수위가 나를 쳐다본다
그리고 이야기한다. 요사이는

성당 계단을 약속 장소로 이용하는
젊은 애들이 많이 있어요. 약은 놈들, 감히……
내 귀에, 추방하자! 거칠은 단안이 들리는 것 같다.
그들이 생명나무에 근접하지 못하도록
동산 앞에 불칼을 치자. 그러나 그들은
할금할금 웃고 있다. 환청. 저녁
일곱 시의 환청.

그녀는 왜 빨리 나타나지 않을까
처녀 수태를 기다리기라도 한단 말인가. 내 참,
그녀는 그리 순결해 뵈지도 않던 것인데. 혹은
값을 올려 보자는 속셈인가? 두 사람의 수위가
어물쩍거리는 나에게 다가온다. '미사는 시작되었습니다'
아닙니다. 저는 다른 일로. '한번 참석을'
믿지 않음. '참석하라니까' 뭐. 못 뭐.
'허어, 개처럼 말을 안 듣는군!'

어쩌다 개처럼 끌려 들어왔구나
지금쯤은 그녀가 왔을지도 모르는데. 이게 다
그녀 고집 때문이다. 많은 다방을 두고 하필

돌집 계단이라더니. 너 한번 바람 맞아 봐라.
앞으로는 성당이 지긋지긋해질 거다. 그런데
저 앞줄에 앉은 여자는 성스레 보이는구나.

바로 그녀다. 어느 틈에 저렇게 흰 석고를 뒤집어쓰고
저기 앉았을까. 예쁘구나. 까짓, 나도 믿자.
타인을 사랑한다는 것은, 얼마나 좁은 문으로 내가
지나가야 한다는 뜻인가!

라디오같이 사랑을 끄고 켤 수 있다면

─ 김춘수의 「꽃」을 변주하여

내가 단추를 눌러 주기 전에는
그는 다만
하나의 라디오에 지나지 않았다.

내가 그의 단추를 눌러 주었을 때
그는 나에게로 와서
전파가 되었다.

내가 그의 단추를 눌러 준 것처럼
누가 와서 나의
굳어 버린 핏줄기와 황량한 가슴속 버튼을 눌러 다오
그에게로 가서 나도
그의 전파가 되고 싶다.

우리들은 모두
사랑이 되고 싶다.
끄고 싶을 때 끄고 켜고 싶을 때 켤 수 있는
라디오가 되고 싶다.

산 위에서 내려온 바보

길안에 살았기에 길안이라 불리운 사나이
그는 꼭두새벽부터 해 지도록 산비탈을 갈았네
해 지면 발 씻고 애비가 남긴 라디오를 들었네
발 아래 산 밑 동네는 밤새도록 꺼지지 않는 도깨비불
그는 저기서부터 소리가 오나 보다 상상했네
그는 라디오에서 들려오는 말을 모조리 경청했네
특히 그 짧은 노래는 그에게 많은 것을 생각케 했네.

  인생은 슬프게 살기에는 너무 짧아
  젊음은 어둡게 살기에는 너무 눈부셔
  뉴망 뉴망과 함께 불란서 불란서풍 캐쥬얼 뉴망

뉴망을 찾아서 그는 산을 하산했네
뉴망과 만나러 그는 마을로 내려갔네
산 위에서 내려온 바보는 억척같이 일한 끝에
불란서풍 캐쥬얼을 몸에 걸치게 됐네
그사이 그의 젊음도 삶도 그럭저럭 지나갔고
도깨비불 속에 떠도는 한 점 반딧불 되어 그는
따스한 불빛 하나 뵈지 않는 길안을 바라봤네.

엑스트라

어머니 죽기 싫어요
칼 맞아 죽고
총에 맞아 죽고
물에 빠져 죽고
불에 타 죽는 오천 원 배우는
하기 싫어요
어머니 저는 잠시도 쉴 틈 없이
수백 수천 번을
죽고 죽고 죽고 죽어 왔어요
발악하며 내가 죽으면
끝끝내 살아남은 주인공이
나의 입과 코에 반창고를 붙이고 머리끝까지
적십자 깃발이 그려진 광목을
가만히 덮어 주죠
그리고 죽을 사람이 대량으로 필요한
초대형 전쟁물이나
궁중 사극을 만들기 위해
검은 안경을 쓴 감독들이
짠 광목을 걷고
샥 반창고를 뗀 다음

다시 나를 일으켜 세운 후
펄펄 뛰는 심장에 총알을 먹이고
온전한 팔다리를 자르고
물욕조에 모가지를 누르고
'탁 치니 윽 하고 죽더라 속이고'
전기 막대를 항문에 찔러 넣죠
어머니 나는 여기에 있겠어요
다시 태어나기 싫어요

방

방이 두 개면
두 짝의 옷장이 필요하고
두 개의 달력이 필요하고
두 대의 전화기가 필요하고
두 대의 선풍기가 필요하고
두 개의 난로가 필요하고

방이 두 개면
한 방에 하나씩 티브이를 켜 놓고
한 방에 하나씩 라디오를 켜 놓고
한 사람은 노래하며 손뼉을 치고
한 사람은 울며 방바닥을 치고

방이 두 개면
외로움은 두 배가 되고
슬픔은 두 배가 되고
눈물은 두 배가 되고
근심은 두 배가 되고
걱정은 두 배가 되고

그렇다고 해서
지혜는 두 배가 되지 않고
평화는 두 배가 되지 않고
기쁨은 두 배가 되지 않고
즐거움은 두 배가 되지 않고
웃음은 두 배가 되지 않고

방이 두 개면
아버지와 아들은 각자의
방문을 굳게 잠그고
서로 오래 만나지 못하고
서로 오래 대화하지 못하고
각자의 이부자리에 누워
담배를 피우거나
담배를 *끄고*

방이 두 개면
방이 세 개면
방이 네 개면
……

자꾸 벽이 생기고
자꾸 벽이 생기고

가을 옷

이번 가을에 유행할,

가을 옷이 나왔다,

담쟁이넝쿨 잎이 붉게 물들기도 전,

가을 옷이 나왔다,

이제 막 인쇄소를 빠져나온,

최신,

숙녀 잡지에,

올해 가을 옷이 소개된다,

활발하게 활동하는 네 명의 디자이너가 주장하는,

올가을 유행 색은,

자연색과 파스텔 톤,

강렬한 색상과 단순한 디자인이 만나는,

복고풍 정장 시리즈도 아울러,

선보였다,

유행하고 있는 페이즐리 무늬의 실크를 이용하여,

부드러운 소재를 딱딱한 양복 스타일로 재단한 것이 특징인,

블루 계통의 투피스,

어깨는 일직선으로 떨어뜨리지만,

허리 부분에 주름을 잡아 리본 체크하고,

스커트를 랩으로 만들어 부드러움을 가미했다,

거기다가,

머리에 쓴 체리 핑크의 머플러가,

강력한 대비 효과를 거두고 있다,

가을 옷이 나왔다,

너무 단정한 느낌을 피하기 위한 리본,

어깨를 강조,

풍성한 분위기,

화려한 세팅의 보석 악세사리,

의도적인 각,

주름 효과,

따뜻한 느낌,

역삼각형의 실루엣,

대담한 액센트,

성숙한 이미지,

활동파,

연출에 따라 캐주얼의 표정으로 변화시킬 수 있는 정장 분위기,

멋쟁이는 칼라로 승부한다,

재미있는 조화,

스탠다드형 반코트,

단순한 커팅을 응용한,

소재는 울 캐시미어,

선염 스트라이프와 솔리드 울을 이용한,

도심 속의 가을 여심,

특별한 날 당신을 그날의 최고 미인으로 표현해 줄,

심플한 디자인이 격조 높게 보인다,

언밸런스 칼라 여밈의 시티 캐주얼 투피스,

페미닌 룩의 결정,

그래그래,

비서실 최양 같을 거야,

부잣집 외동딸 같을 거야,

공주 같을 거야,

가을 옷이 나왔다,

언니 나 저 옷 입고 싶어,

네 달치 월급과 야근 수당이면 될 거야,

안 될까,

파스 하이드라지드는 먹지 않을 테야,

가을 옷이 나왔어,

봄날,

고향 언덕에 피던 진달래 같아,
최신 디자인이야,
언니,
가을 옷이 나왔어,
가을 옷을 입고 싶어.

조롱받는 시인

늦은 조반을 들고 나서 시인 장정일 씨는 잠옷 바람으로
새장 같은 시영아파트 505호에서 처연히 바라봤다
꼬부랑 노인들이 걸음마 배우는 어린 손자 손을 잡고
철 지난 바닷가의 갈매기처럼 오르락내리락거리는
텅 빈 아파트 단지의 무모한 거리를.

그러다가 103동 커브를 돌아오는 검은 점을 보고서
시인 장정일 씨 얼굴은 똥빛이 되었다
검은 가죽옷 껴입은 월부수금원이
검은 오토바이를 타고, 두 달 전에 10개월 월부로 구입한
현대의 한국문학(범한출판사 간, 32권. 12만 8천 원)의
3분기 월부금을 받으러 오고 있었다.

기겁한 장정일 시인, 그는
빨리 도망가야겠다고 급히 옷을 챙겨 입었다.
그러다가 좋은 시구가 떠올라
흰 종이를 타자기에 끼우고 이렇게 두들겼다

월부수금원이 온다.
나는 죽음을 월부로 샀다.

월부수금원이 무섭다!

그리고 나서 문을 나서려는데
천천히 벨이 두 번 울렸다
(월부수금원도 벨을 두 번 울리나?)
보안경으로 보니 그자가 살리에르*처럼 검게 서 있다.

* 영화 「아마데우스」에서 모차르트를 죽음으로 몰아넣던 검은 옷의 사신.

비누 왕자

그녀는 자신의 몸에 비누칠하는 것을 즐긴다
일주일에 몇 개씩의 장미 비누를 물에 씻어 없앤다
어쩌다 어린 조카가 누구 만나느냐고 물으면
그녀는 묘하게 웃음 짓는다. 코끼리같이 듬직하게
멋있는 그 아저씨.

그녀는 자신의 몸을 하루 종일
욕탕에 담그고 비누칠하기 일쑤다.
철벅철벅 물을 끼얹으면서
그 남자 생각을 한다.
이름도 성도 모르는 남자
그녀는 그 남자를 매일 만난다.

매일 밤 그는 자동차를 몰고
그녀 창밖에 와 있다. 그녀가 낮은 허밍을 하며
욕조 속에서 비누 거품을 날릴 때
코끼리처럼 중후한 그 남자는 미리 자동차 왼편의
도어를 열고 거기 비스듬히 기대어 서 있다.
붉은 장미 한 다발을 한 손 가득 들고서

이 밤도 그녀는 자신의 젖가슴과 허벅지를

장미 비누로 만진다. 비누가 닳나, 내가 닳나?

분명 오늘은 와 있겠지? 그러나 비누 왕자님은 오지 않
았네.

씨에프대로라야 이모가 행복할 텐데

씨에프대로 되질 않아 이모는 매일 닳아지며 줄어든다.

연명

1

그녀는 배가 고팠고, 그녀의 가족은 매일 굶주렸다. 하여 그녀는 매 맞기를 자청했다. 그러자 장안의 여러 카바레에서는 공동으로 그녀를 고용했다. 그녀의 일은, 매일 밤 카바레의 쇼가 무르익을 때 반라의 몸으로 무대 중앙의 대들보에 꽁꽁 밧줄로 묶인 다음 역시, 반라의 몸으로 등장하는 남자에게 가죽 채찍을 얻어맞는 것이었고, 채찍이 살갗에 닿을 때 비명 대신 간드러진 교성을 내지르는 일이었다. 쇼는 인기가 있었고 사람들은 매일 밤 매 맞는 묘기를 구경 왔다. 그녀는 온몸에 멍이 들어 걷지 못하고 기어, 다른 카바레로 가서 다시 맞았다. 그리고 새벽이 되어 몇 푼의 돈으로 쌀을 바꾸어, 밤새도록 기다리던 가족과 죽을 끓여 먹었다.

2

그 역시 배가 고팠고, 그의 가족은 매일 굶주렸다. 하여 그는 때리는 남자가 되려고 했다. 그러나 장안에는 굶는 사람이 많았는지 카바레마다, 때리는 남자 응모자들로 들끓었다. 그들은 거한이면서 묘한 성적 매력마저 소유하고 있었으나, 그의 풍신은 조신했고 밤새도록 다섯 발이나 되는 가죽 채찍을 휘두를 근력도 없었다. 때리는 남자를 포기한 그는 가로, 세로, 높이, 1평방미터의 철제 우리를 만들고 그 속에 들어가 굶기를 자청했다. 그러자 장안의 3류 서커스단에서 그를 고용했다. 단식 광대를 보러 오시오, 굶는 묘기를 보러 오시오! 서커스단은 굶는 남자로 유명해졌고 굶는 대가인 그의 임금은 매일 쌀 한 봉지로 바꾸어져, 굶는 가족에게 보내어졌다.

3

훗날, 매 맞는 묘기로 크게 돈을 번 여자가 말하기를, 그때 세계는 나를 때리기 위해 줄을 서 기다리는 거대한 악한과도 같았다고, 하지만 이제는 나도 그런 구경을 즐길 만큼 되었다고…… 또 굶는 묘기로 성공한 그는, 그때 나는 사자 우리와 원숭이 우리 사이에 끼인 한 마리 신종 짐승이었다고, 하지만 그런 일은, 까마득한 옛날, 몇백 년 전에나 있었던 일이라고……

독일에서의 사랑

1

나는 쓴다. 독일에서의 사랑.
그래 이것이 제목이다. 얼마나 쓰고 싶던 글인가?
독일에서의 사랑. 그리고 이렇게 쓴다,
독일의 가로수는 사철나무다.
겨울에도 낙엽 질 줄 모르는 독일의 가로수는 사철나무다.
독일의 연인들은 걸을 때 사철나무 아래를 걷고
독일의 연인들이 미소 지을 때 그 입술이 푸르게 물든다.
계속해서 나는 쓴다.
밋쉘이 금발의 마르가레테를 만나러 갈 때
밋쉘은 파랗게 젖어 사철나무 아래를 걷는다.
금발의 마르가레테는 파랗게 빛나는 밋쉘에게
당신 사철나무 사람 같아요, 한다.
밋쉘은 뭐라고 할까, 이렇게 귀여운 그녀에게?
독일의 연인들은 함께 만나 휘파람을 분다.
옛날 그들의 선조가 유대인을 부르던 그 방법으로
그러나 방법이 같다고 목적마저 똑같이 이루란 법은
없다.
그것이 역사 아닐까?

독일의 연인들은 휘파람을 불며 비둘기 떼를 불러 모은다.

독일의 휘파람은 사철나무 아래 푸르게 들리고

독일의 연인들은 하늘로 뛰어오르는 춤을 춘다.

더는 히브리 노예들에게 시키지 않고, 생명의 뱀으로 엉킨 초록 달빛 아래

독일의 연인들은 춤춘다.

오, 독일에서의 사랑.

나는 한국을 책상 삼아 그 위에 엎드려 쓴다.

독일에서의 사랑을, 아아, 얼마나 쓰고 싶던 글인가?

이렇게 쓰자. 어느덧,

독일의 하늘 위에 별이 떠오른다고

독일의 연인들의 이마 위에 사철 같은 싱싱한 별이 뜬다고.

그리고 이렇게도 쓰자. 그때,

독일의 연인들은 사철나무 그늘 아래 있고

푸른 별 아래 속삭인다고.

'오늘 뜬 별이 푸르군'

'그래요, 오늘 뜬 별이 바다 속 청어같이 푸르러요'

그들은 자신의 그림자를 달에게 벗어 주고

얼른 지상의 별이 되어 불타오른다.

2

한국의 가로수는 은행이다.

한국의 연인들은 가을이 되면 그 아래를 걷는다.

노랗게 물들어 은행나무 아래를 거니는 한국의 연인들

한국의 연인들은 가을이면 옐로카드를 받는다.

한국의 연인들은 가을에 납총탄을 맞는다.

'나 이번 겨울에 군대 가'

사내들은 떠나고. 그들은 낮은 막사에 살며

기나긴 동짓밤 혼자하는 그녀에게 편지를 쓴다.

검은 머리칼의 나의 여인 숙에게……

이렇게 쓰고 보니 너무 촌스럽다. 한 장의 편지지를 구기고

날이 갈수록 어제로 돌아가는 일은 어렵구나……

이때, 집합 구령이 떨어지고

아아 나는 붉은 말〔言〕이 싫다. 푸른 말〔言〕도 싫다!

까까머리 일등병은 자신의 관자놀이에 총신을 붙이고 그만

'탕——'해 버린다. 곧이어

한 남자의 필생 위로

게 발같이 느릿하게, The End 자막이 지나간다.
떨어지는 은행잎은 옐로카드다.

3

독일에서의 사랑. 이건 언젠가 어떤 영화 잡지에서 보았던
독일 영화 제목이다. 나는 그 제목이 마음에 들었고
금방, 독일에서의 사랑을 그려 보고 싶었다.
깨끗한 거리
풍부한 식탁
넘치는 맥주
그리고 세계 최강의 축구
예쁜 딱정벌레 차
그 위대하다는 독일 철학!
그런 것들 속에
행복한 남녀 간의 가슴 아픈 사랑 이야기를 섞어 쓰고
싶었다.
그런데 왜 혼돈을 빚었을까?

나는 자꾸 한국에서의 사랑, 이야기와
독일에서의 사랑, 이야기가 혼돈된다.
나를 놓아 다오 한국이여!
독일에서의 사랑, 독일에서의 사랑, 독일에서의 사랑을
쓰고 싶다.
나는 나의 사랑을 라인강으로부터 건져 올렸습니다, 라
거나
아아 딧딧 바바바 내 손으로 당신 넥타이를 좀 풀게 해
주세요, 라거나
오늘 밤 누가 폴크스바겐을 몰고 나의 집으로 올까요,
혹은
과거가 없으면 미래도 없죠, 라는
멜랑꼴리한 문구를 고루 섞어 가며
나는 고색창연하고도 현대적 감각을 한층 되살린
누구의 입에나 오르내릴 멋진 연시를 쓰고 싶었다.
그런데 왜 나는 한국의 사랑 이야기로
입맛 잡치려 하는가? 나는
한국이 싫다. 단적으로 말해서,

4

그녀는 백장미* 회원이다.
그녀는 거대한 나치 포스터를 향해 돌을 던진다.
그녀는 거치른 노래를 부르고
불온한 시집을 읽는다.
그녀는 골수분자, 정말 골수 운동 학생이다.
그리고 그녀의 애인인 그녀의 남자는 곤봉이 두렵다.
그녀가 아무리 그를 알아듣기 쉽게 의식화시키려 해도
그는 고개를 흔들고 만다.
  '나는 호각과 곤봉과 철제 의자에 ×자로 묶이는 게 싫
어!'
  '나는 붉은 말이 싫어, 푸른 말도 싫어!'
  그가 고개 흔드는 순간 그녀는 수배되고
  그가 고개 흔드는 순간 그녀는 신고되고
  그가 고개 흔드는 순간 그녀의 목은 그들의 쟁반 위에
서 웃는다.

* 나치 정권에 저항했던 독일 대학생들의 지하 서클.

5

나는 이 시에서 몽롱했습니까?

나는 한국을 버리고 독일로 도망갔습니까?

나는 아이러니를 사용했습니까?

나는 행복한 21세기 독일의 실루엣 속에서 암흑 같은, 일인 파쇼의, 반민주적, 야경국가였던 나치 히틀러의 독일을 투시했습니까?

나는 결국 꿈에서 깼습니까?

나는 독일에 살면서 한국으로 편지 썼습니까?

아니면, 몸은 한국에 두고 마음은 독일에 가 있습니까?

나는 검열을 피했습니까?

나는 누구고, 무엇입니까?

대답하겠습니다.

……

……

나는 이 시를 찢습니다,

'찌익 —'

길안*에서의 택시잡기

길안에 갔다.
길안은 시골이다.
길안에 저녁이 가까워 왔다. 라고
나는 썼다. 그리고 얼마나
많이, 서두를 새로 시작해야 했던가?
타자지를 새로 끼우고, 다시 생각을
정리한다. 나는 쓴다.

　길안에 갔다.
　길안은 아름다운 시골이다.
　그런 길안에 저녁이 가까워 왔다.
　별이 뜬다.

이렇게 쓰고, 더 쓰기를
멈춘다. 빠르고 정확한 손놀림으로
나는 끼워진 종이를 빼어,
구겨 버린다. 이놈의 시는
왜 이다지도 애를 먹인담. 나는

* 안동 근교의 면 소재지.

테크놀러지와 자연에 대한 현대인의
갈등을 추적해 보고 싶다. 종이를 새로
끼우고, 다시 쓴다.

　길안에 갔다.
　길안에서 택시를 기다린다.
　길안에 택시가 오지 않는다.
　모든 도시에서 나는 택시를 잡았었다.
　그러나 길안에서 택시잡기 어렵다.

쓰기를 다시 멈춘다. 너무 딱딱하지
않은가? 모든 문장이, 다.
로 끝나는 것이 이상하게도 번역 투의
냄새를 풍긴다. 그렇지 않아도
나는 그런 지적을 많이 들었지 않은가?
쓰던 종이를 빼어 구기고, 한 장의 종이를
다시 끼웠다. 나는 쓴다.

　길안에 갔다.
　길안에 택시가 보이지 않는다.

나는 모든 도시에서 쉽게 택시를 잡았건만
길안에서 택시잡기 어렵고
어느새 어두워진 길목마다 별이 쏟아진다.
문득 길안이 불편하게 느껴진다.

다시 쓰기를 멈추었다. 좀 더
매끄럽게, 좀 더 구체적인 풍경 묘사로부터
서두를 전개할 수 있어야 한다.
아름다운 길안의 시골 풍경을 묘사한 다음
택시가 서지 않는 곳에서 택시를 기다리는
여행자의 자신만만한 모습을 묘사해 내야 한다.
나는 종이를 빼어 구기고, 새로운 종이를
끼워, 이렇게 쓴다.

길안에 산이 높고
그 물이 맑다. 길안에 나무가 푸르고
나뭇가지 위에 비둘기 떼가 지어 올린 흰 구름은
마치 건축같이 아름답고 웅장하다.
멀리서 바라봄이 아니라 길안 가운데 있을 때
길안은 얼마나 아름다운가?

여행자는 독일 빵같이 커다란 슈트케이스를
  길가에 내려놓고, 택시를 기다린다.

이쯤에서 쓰기를 잠시 멈춘다.
마음에 들진 않지만 시작으로서는 적당히
내 구미를 돋우는 것 같고, 독자로 하여금
계속 읽어 내려가게 할 만큼 경쾌하다.
이제 길안에 밤이 내려오며, 나는 이 여행자를
존재론적 자기 인식에 이르게 할 작정이다. 나는 쓴다.

  웬일인지 꽤 오랫동안 택시가 오지 않고
  택시를 기다린 시간만큼, 저녁이 가까워 왔다.
  이름 모를 잎새들의 흔들림,
  여행자는 자신이 혼자임을 느낀다.
  이름 모를 새 떼가 햇빛 한 조각씩을 물고
  서쪽으로 지고, 연이어
  모래 단지를 엎지른 듯 이름 모를 별들이 흩어졌다.
  사십 년간의 도시 생활이 어린 시절 시골에서 익힌
  동식물과 별자리 이름을 깡그리 잊게 했다. 모두가
  이름 모를 것들. 여행자는 갑자기

심한 부끄럼에 휩싸인다.

쓰기를 더 멈춘다. 여행자의 고독이
너무 비현실적이다. 그는 어디서 왔으며
어디로 가고자 하는가? 사십 년간의 도시 생활이,
생경스레 튀어 나온 것은 아닌가? 나는 출판사의 사장
이자
시인인 한 선배로부터, 비약이 심하다는
평을 들은 적이 있다. 사실 구체적이지 않은 시는
내 자신이 질색이다. 지금껏 쓴 것을
빼어 버리고, 다시 종이를 끼운다. 그리고
구체적으로 쓸 결심을 한다. 나는 쓴다.

　고향을 떠나 도시에서 사십 년간 살았던
　한 오십 대가 있어 오랫동안 찾아보지 않았던
　고향에 온다. 길안……

나는 한숨을 쉰다. 종이를 홱
빼어 던진다. 이놈의 시가 나를 골탕 먹이는군.
나는 테크놀러지 이용에 대한 이율배반의

모순성을 간파하고자 한다. 즉 테크놀러지를 이용할 때의 편리성, 그로 인해 그것에 종속되어 가는 현대인들을. 그리고 덧붙여, 테크놀러지에 노예화됨으로써 테크놀러지를 이용할 수 없는 자연적인 상황에 부딪쳤을 때 보이는 현대인의 초조한 반응을 묘사하고 싶었다. 어떻게 될까? 그런 상황 앞에서 비로소 테크놀러지의 불편함을 느끼기도 하겠고, 도리어 테크놀러지화되지 않은 자연에 대해 신경질 부릴 수도 있겠지. 새로운 종이를 끼우고, 나는 쓴다.

길안에 갔다.
길안이 아름다워 나는 울었다.
길안에 어둠이 내렸다.
길안에 택시가 보이지 않는다.
길안 바깥에서 나를 기다리고 있을 사람들 생각을 한다.
길안이 불편해진다.
길안이 내 모든 약속을 퍼지르고 앉았다.
길안이 불안하다.

연을 띄우고, 잠시 멈춘다. 이 어조로 쓰는 거야,
독하게 마음먹는다. 누가 뭐라건 말건
이런 생각을 한다. 우표를 모으는 우표 수집가가
자신의 스토크 북 속에 우표를 수집해 두는
일같이, 시 쓰기 또한 내 가슴속에
시를 모아 두는 일인 것! 새로운 시를 쓰고 싶은
열망은 우표 수집가가 자신의 스토크 북 속에
없는 불가리아산 나비 우표를 간직하고 싶어 하는
그 열망 이상의 것에 다름 아닐 것이다. 우표
수집가가 아무리 구하기 어려운 귀한 우표를 구해
간직했다 한들, 그 때문에 세상이 바뀌지 않듯
시인이 아무리 좋은 시를 쓴들, 또한 세계는 변함
없는 것. 우표 수집가와 시인 가운데 어느 쪽이 더
위대한가, 우열을 가릴 수 없을 때 우리는 우표 수집가의
그, 성취의 기쁨을 위해 시를 써야 한다. 이렇게
밑도 끝도 없는 생각을 하곤, 나는 다시 타자기를
두드려 갔다.

　　길안의 바깥에 있을 때 자동판매기에서 커피 빼먹던
생각을 한다.

길안을 빨리 벗어나고 싶다.
길안 벗어날 수단이 없구나.
길안이 불가해하게 느껴진다.
길안의 산과 물이 역겨워진다.
길안의 나무들이 유령같이 곤두섰다.
아아 상종 못할 자연
이해 못할 자연이다.
길안의 비문명이 공포스럽다.

연을 띄우고, 잠시 쉬기로 한다. 여행자는 이미
충분히 불안해졌고, 그는 테크놀러지화 되지 않은
길안의 자연 상태에 대하여 추악을
느끼고 있다. 그러면 이쯤에서
그가 가야 할 곳에 대한, 현대인의 회의를
끄집어내면서 이 시를 마무리하자. 나는
쓴다.

그러나 나는 어디로 가게 되는 것인가?
내가 가야 할 거기가 어딘가?
택시를 쉽게 잡기 위해

택시잡기 어려운 이곳으로부터 빠져나가야 할
그곳은 어딘가?
과연, 길안을 떠나 다시 길안으로 돌아올 수 있겠는가?
길안에서 처음으로
길안 바깥이 불안으로 닥쳐온다.
나는, 너는, 모든 길들은
어디로 가게 되어 있는 것일까?
우리 있을 데가 없다.

다 썼다. 3연의 시.
나는 그것을 읽어 본다. 엉망이구나.
한숨을 쉰다. 이렇게 어려운 시.
이렇게 하기 어려운 일을 하며, 한평생
사는 것이 내 꿈이었다니! 나는
방금 쓴 3연의 시를 찢는다. 커피를 한
잔 끓여 마신다. 생각이 이어졌다. 유년 시절에
계집애들이 하던 고무줄놀이가 아닐까, 시 같은
것은. 점점 새로운 세계로 나가는 것. 자꾸
고무줄 높이를 높이면서 고통을 즐기는 것,
고통을 즐기는 것! 이 밤 기어이, 길안에서의

택시잡기를 쓰고야 말겠다. 나는 무섭도록 새하얀
종이를 끼운다. 다시 쓴다.

　풀이 우거진 자리에
　한 무전 여행가가 검은 슈트케이스를 든 채
　택시를 기다리고 있었다.
　뉘엿뉘엿 해가 지고 있었지만
　택시는 보이지 않았고, 그렇다고
　여행가가 쉽게 포기할 것 같지도 않았다.

여기까지 쓰자 아침이 밝고, 나는 세수를 하러 일어
선다.
　하룻밤 꿈을 꾼 듯. 밤샘한 어제가
　어릿하다. 더운물에 찬물을 알맞게
　섞는다. 생각이 떠올랐다.
　물과 물이 섞인 자리같이
　꿈과 삶이 섞인 자리는, 표시도 없구나!
　나는 계속, 쓸 것이다.

가방을 든 남자

여행자는 검은 슈트케이스를 든 채
하염없이 기다리고 있다. 푸른 잡초 뒤덮인
오솔길로 택시가 올 때까지, 여행자는 소금
기둥이 되어 기다린다. 그러나 어떻게 부른다는 말인가?
어떻게 부를 수 있다는 말인가?
내게 무슨 염력이 있어 택시를 부른다는 말인가?

오지 않는 택시는 머릿속에 든 택시.
머릿속의 택시가 밖으로 튀어나오려는 듯
그의 이마에 주름살이 잡혀도 택시는 오지 않고
얼마만한 시간이 흘렀을까.
검은 슈트케이스를 든 채 하염없이 기다리고 있던
여행자는, 등에 짊어진 지게를 잠시 내려놓고
곰방대를 피우는 길안의 농부를 본다, 그 농부가 말했다.
무얼 기다리는지는 모르겠지만 그 무거워 보이는 가방은
내려놓구 기다리시우.

아닙니다. 택시는 언제 어느 순간 내 앞에 이를지 모
르고
나는 그 순간을 준비해야 합니다. 희망은

무거운 짐이며, 무거운 가방을 들고 기다릴 때의
어깨 아픈 고통입니다. 우리는 무겁지만 그것이 희망
이기 때문에 결코 내려놓는 법이 없답니다.
여행자의 어깨는 그가 역설하는 도중에도 자꾸
오른쪽으로 찌뿌둥해졌다.

여행자의 말이 끝나자, 눈이 깊은 길안의 농부는
곰방대에 남은 불붙은 연초를 땅바닥에
툭툭 털곤 발로 비벼 밟았다. 그리고
잠시 나무 막대를 받쳐 하늘 아래 세워 두었던
지게를 등에 지고, 홀연히 잡초 우거진 길을 갔다.
촌부의 행동은 말없이 이루어졌고
거침이 없어, 가방 든 남자가 보기에 부러웠다.

틱 탁탁 텍 톡

길쭉한 얼굴을 하고
바둑무늬 그려진 깔끔하고
멋진 남방을 입은 사내
새로 포항에서 이사 온 그 사내
틱, 탁탁, 텍, 톡
내가 읽은 책 가운데로
스타카토 걸어가는 사내

내 말은 잘 듣지 않지만
그는 그의 말 잘 따르는 두
아들을 거느리고, 밤마다
아내의 노란 유방을 만진다.
시집을 읽는지 어쩐지는 또 모르지만
그는 확실한 가족과 직업을 가진다.

이십여 년 뛰고 달린 나는
'절다'라는 동사만 나와도 불편한데
없는 나의 점심시간을 가로질러
틱, 탁탁, 텍, 톡 지날 때
나는 묻는다. 불편하죠, 그렇죠?

물을 때마다 그는 내일 대답하겠다는
느긋한 표정을 남겨 놓고
그러는 사이 내 독서는 얼마나 자주
탁탁텍톡 끊어지고
스타카토 방해받는지
나는 내일 우리 집을 떠나야 할지 모른다.

새벽 두 시, 그는 화장실에 간다
그런다고 잠마저 방해받을까 싶어도
매일 아침 내 베개는 왜 토막 나는지,
세수한 얼굴을 쳐들고 그가 사라진다
숨찬 하루 일과 속으로
틱 탁탁 텍 톡

물에 빠진 자가 쩌벅거리며 걸을 때

1

그 강에는 물귀신이 사는지도 모른다
삼월은 쩌벅쩌벅 두터운 강의 입술을 깨고
모래 위 그냥 이리저리 걸어 보는
식어 버린 열정의 사람들

해빙의 한밤내 물귀신이 걷는다
긴 장화 신고 쩌벅쩌벅 소리 내며
그들은 삼월의 하룻저녁을
살얼음이나 깨며 따뜻이 지낸다

그리고 그들은 듣는다
모래 위에서 잔뜩 골이 난 사람들이
바짓단 끌며 불안해하는 것을
그래, 봄이 온다고는 하지만
이별하기 위해서가 아니라면 연인들은
왜 겨울 강을 찾겠는가
살아 있는 자들은 사랑을 모른다.

그런데 물속으로 뛰어들기 원하는 것일까
세울 외투 깃도 없이 홀로 강을 걷는 저 청년은
그렇다면 보여 주리라
하나씩 우리가 얼마나 소중하게
그자의 마른 옷가지를 벗기고
가래 끓는 폐로도 어떻게 물속에서 불편 없이 살게 되는지

새로 온 청년은 놀라겠지만
우리에겐 신입식이 없다
단지 아껴 두었던 두터운 얼음을
맨발로 두들겨 깨리라
그와 함께 생일 케이크라도 자르듯

2

죽은 자들도 가끔은 살아 있는 형제가 그리운 것
내 귀는 자꾸 다가오는 강을 만진다 그러나
오지 않으리
물에 빠져 죽은 자는 자신이

벌거벗은 채 죽었다는 사실을 부끄러워하므로
하지만 수초에 닦여 반짝이는 두 눈과
순결한 무릎, 무엇이 다른가
항상 당신 머리칼이 젖었다는 것 외에는?

밤새도록 모래 위에서는
사랑하지 않는 사람들이 만나
헤어지기 위해 사작사작 걷는 소리
그리고 나는 더 오랫동안 듣는다 은밀히
대낮의 즐거운 웃음들이 모여들어
백조 보트를 녹슬게 하는 여기
깨알같이 조그만 소녀들이 찐득한 사탕물을
가득 묻혀 놓은 회전 그네 뒤에 숨어
손전등을 끈 채 야간 경비원은 듣는다
사자들이 거꾸로 걷는 것을
보이지는 않지만 싸늘한 그들의 발바닥이
담뱃불 밟듯 뜨거워진 얼음장 비빌 때마다
그리움의 무게 견디지 못한 이승의 한계가
강 한가운데서 얼음 갈라지는
소리로 울려 퍼지는 것을

강이 운다. 삼월의 저녁내
뜬눈으로 새울 연인과 혼자 걷는
청년을 강은 부른다. 그러면
누구라도 달려나가
먼저 그곳에 있는 자들과 입맞추고
커다란 모래시계 속에 당신은
당신의 가는 발목을 묻으라.

체포

그 일은 우연한 것이었다
우연한 체포——
그러나 우연만큼 분명하고 확실한 것이
세상 어디에 있겠는가?
이미 내가 잡혀 버렸다는 것은
다시 되돌릴 수 없는 사실.

잠에서 깨어났을 때 내 곁에는
이름도 또렷한 여인
뼈가 환히 비치는 말라깽이 여인이
마침표처럼 생생히 찍혀 있었어
아아 이 여자가 언제 적 여자인가.

냉수라도 한 잔 마셔야겠다고
살며시 이불깃 열고 일어나자
웬걸, 그녀는 잠꼬대를 하기 시작했어
먹여, 살려요. 먹여, 살리라니까.
먹여, 살리란 말이야!

내가 어디에 숨든

째깍째깍 시계 소리를 내며
텍탁텍탁 목발을 짚으며
그녀는 추적해 왔다.
그리고 척추 끝에 달랑거리는
내 목덜미를 움켜잡고 소리치는 거야.
이 놈팽아 같이 가, 같이 가자구!

체포는 간단했다.
그러기 전에 나는 깨달아야 했어
그러나 깨닫지 못했어
완전범죄를 맹신한 점
우연을 고려치 않은 점
그게 실수였어
(당신도 조심하라구
나를 체포한 아내는 생활이었어!)

처음 뱀을 죽이다

첫 번째 뱀

우리들 선입관 속에는 뱀을 싫어하는 무엇이 있다
그리고 두 발 가진 짐승과 발 없는 짐승 사이에는
서로 피해 가기로 한 묵계라는 것이 있다.
그것이 어디로부터 비롯된 미덕인지 말할 수 없고
알 수 없지만 적어도 나에겐
그 편리한 약속이 오래 지켜진 것 같았다

그런데 나는 저지르고 만 것이다
옻 순을 뜯으면 돈이나 좀 될까 싶어
산을 타고 다니던 지난봄. 그 작은 호숫가, 생각나지?
달리의 풍경 속에 뛰어든 듯 황량한 호숫가
누런 황톳벌에서 어린 뱀 한 마리를 죽인 것이다
이슬에 젖은 풋풋한 옻 순이 가득 찬 자루를 팽개치고
어디서 그런 열정이 솟아났는지
가랑이와 등줄기로 흐르는 서늘한 흥분을 느끼며
이른 아침, 물 마시러 왔던 화사를
몇 번이나 그놈이 자기 배로 지나갔음 직한 돌로
짓. 찧. 었. 다.

지나간 어린 시절에
한 번씩은 장난 삼아 뱀을 잡아 죽일 때에도
무서워 진저리 치던 내가 그렇게 잔인하게
하나의 생명을 살해한 걸 보면
꼭 뱀을 죽여야만 성년이 된다는 강박 비슷한 것이
너, 나 할 것 없는 모든 남자의 뇌를 무겁게 짓누르고
있는지도 모를 일

후회인지 지금은 두려움 비슷한 것이 생기고
너를 만질 수 있었다면 좋았을 텐데
바람에게 춤을 가르치는 비단 커튼같이
팔천 마디 척추를 꿈틀거리며 다가와
경건한 내 호기심과 흐드러졌다면
지금쯤은 너나 내가 행복할 것을. 그러나 안녕
피해 가기로 했던 묵계는 깨어졌네
피 묻은 강화비엔 전쟁을 위한 새로운 규칙이
음각되고 나는 뱀에게 물릴 것을 고대한다
다만 그들의 복수가 내 살아 있는 동안
이루어지기를. 배반자라 할지라도
자신의 무덤이 뱀들의 겨울 침대로 사용되길 바라지는

않으니까

두 번째 뱀

호숫가, 이 호숫가 숙명의 진흙 벌 위에
이렇게 많은 뱀 껍질이 주인을 기다리고 있는데
이상하다. 처음 뱀을 죽인 것이 나란 말인가
내가 뱀을 죽인 시조가 되는 것인가

아니다 처음 뱀에게 돌을 던진 자는
뱀을 만든 그자가 아니었을까
지독한 건망증의 사나이 혹은 심술궂던 장난꾸러기
바로 그자가 아니었을까
뱀에게 발을 만들어 주지 않았던 바로 그자가
처음 뱀을 살해한 장본인일 것
이제 나는 나의 두려움을 거두어들인다

그래 뱀들은 생각한 것이다
세상에서 가장 신중히 생각하는 저울추같이

동그란 머리를 갸웃거리며 생각한 것이다
똥을 삼키는 개와 오물 속에 뒹구는 돼지에게조차
발이 있는데 우리에겐 발이 없다니
이…… 수치…… 이…… 굴욕!

그리하여 부끄러운 육신은 동굴에 모여
낳은 새끼를 집어삼켰고
가까스로 살해를 피해 자라난 자식들이
다시 제 어미를 물어뜯는
오랜 시간이 지난 어느 날, 누가
이렇게 말하지 않았을까

가장 먼저 샘을 찾고 가장 포근한
겨울 침대를 고를 줄 알던 위대한 뱀이 있어
수치 속에 똑바로 일어나 이렇게 외치지 않았을까
우리가 오래 슬퍼하기보다는 차라리
복수하는 것이 나으리라

하여 뱀들의 복수는 신의 발뒤꿈치를
물어뜯었고, 물어뜯긴 발꿈치는

바로 우리들의 심장이었던 것.
먼저 신의 실수를 인정한다면
뱀들의 복수가 정당하고 그 다툼 사이에서
우리들은 희생양이 된 것

세 번째 뱀

그자가 누구의 아들이건
세상과 화해하고 싶은 자는 먼저
뱀들과 화해해야 할 것입니다.

(분명 구세주는 흰 뱀이 되어 다시 오실 것입니다.)

기타리스트에게 준다

1

또 절교 편지 받았구나. 낭패한 얼굴로 기타리스트는
앉아 있다. "이번에 2번 선이구나"
"그럼 갈아 넣지 않을 거야" "줄이 하나도 남아 있지
않은 걸" 나머지 다섯 줄로 알지 못하는 소리를 청하는
꿈 결핍 환자. 악사의 꿈은 왜 잘 끊어지는지
어둠은 별빛만큼 깊은데 저렇게 잘 끊어지는 밧줄 타고
하늘까지 올라갈 수 있을까 또 어떨까
보이지 않는 손이 자꾸 내 사랑을 앗아 가나 봐.
내가 조진 여자가 앙심을 품나 봐. 왜 그래
형, 왜 그래? 한 상자의 화살을 사 놓을까 봐

2

손가락은 밀감을 토하러 왔다. 얼룩덜룩한 봉황의
수가 놓인 솜이불 위에 노란 밀감을
피워 놓았다. 밤늦게 쉘부르의 우산을 보던
일요일 밤에 "오늘은 어떻게 왔을까" "그래

왔다" 하얗게 눈 맞고 달려온 어머니의
밀감나무. 잠 덜 깬 어머니는 이제 왔니,
밥 남은 거 있을 게다. 나는 건성으로
엄마 형이 사 온 밀감 먹어 봐요. 지붕 위로
눈 쓸려 다니는 소리 들리고 돌아누워 뒤척이는
어머니의 생각. 벗겨도 벗겨도 속이 뵈지 않던
장자의 속셈 아직 가늠하시는 건가? 과수지기는 잠들고
형은 땀내 나는 큰 발을 씻는다. 조금 슬픈 영화
같이 저물던 81년

3

아침부터 저녁까지 사랑은 손가락이 닳는다
"석아 시내 나가니" "악보 하나 사 다오 호텔 캘리포
니아"
구겨진 500원을 내민다 "그래 사 올게"
"그건 한일악기사밖에 없다" "알았어"
대문을 닫고서도 담 너머 들리는 기타 소리.
나는 악사의 수음이 내는 소리를 타고 간다. 호텔

캘리포니아 악보 하나 주세요. 호주머니 속으로
형이 어머니께 얻었다는 돈을 만지작인다 "없다
구요" "여기 와서 찾아보세요" 어떡하나
동굴 속에서 바스락거리는 노래 잃은 새.
여관 동대구에 번뜩번뜩 불이 서고
시간이 흐를수록 집으로 돌아가는 일은
어려워진다

4

제삿날 우리 할머니 댁에 가지. 나는
삼촌들이 널 보고 "딴따라" 부르는 게 밉지.
우릴 쳐다보는 기름진 시선과 어머니의 열적음
딴, 그 말만 들으면 닭 뼈 조기 뼈 모조리 씹어
삼키고, 그 말만 들으면 뱃속 내장을 밥상 위에
빨갛게 피워 놓고 싶지 "생각 속에 내가
갇혀 살듯이 형은 정말 딴따라야?"
병신같이 웃는 설날 아침과 한가위 밤
나는 …… 기타리스트를 …… 죽이고 …… 싶다

5

그까짓 형, 어머니 내버려 둬요. 변명하지
말어 긴 머리칼은 나의 상상력이라고. 밤
늦게 옷을 파신 어머니, 어머니
집에서마저 흥정하며 사시진 마세요
내가 빡빡 깎을게요, "삼손도 제 어미가
졸랐으면 깎았겠다 까짓
장발" 어머니 "나를 말려 죽여라" 그런 놈들은
저런 거예요, 머리 좀 깎어 형 "군대나 빨리
가 버려라" 그리고 왜 그렇게 표시가 나는 거야
그런다고 형 "그저 장발이고 싶다" 베토벤이 그 긴
머리칼에서 태어나나

6

분을 바른다. 외국 아이 신나는 락 넘버 들으며
눈썹 그리는 기타리스트. 그의
성기를 닦는 데는 왁스보다 더 좋은

화장품도 없다. 그러나 이상해
약사의 꿈이 저렇게 반짝이는 것은 무엇 때문인지.
처음 어머니가 달아 준 성기 부러뜨리고
급전 얻고 일수 찍어 일으킨 9만 5천 원짜리 성기를
형은 닦는다.

첫사랑

당신은 강선실을 압니까
나는 강선실을 알고요
그녀 마음도 압니다
당신은 강선실을 보았습니까
나는 강선실을 보았고요
그녀 눈물도 보았습니다
당신은 강선실을 찾고 있습니까
나는 강선실을 찾고요
꿈속에도 그립니다
꿈에도 다시 찾기지 않는 그대
나는 강선실에게 가야 합니다
그대와 헤어진 후
나를 안아 주는 숱한 여자의 품에서도
나는 즐겁지 않습니다
그대와 헤어진 후
석불을 안고서도 그대에게 갈 수 없습니다
동정녀 마리아는 개똥에게 주렵니다
나는 강선실의 품에 눕고 싶습니다
나는 강선실과 보냈던 즐거운 시절을 기억합니다
나는 그대에게 가야 합니다

죽기 전에 다시 그대를 만나야 합니다
세상을 뒤져 그대를 찾으려 합니다
후생에 태어나도 그대를 만나렵니다
아름답고 슬프던 그대
나는 강선실을 찾아야 합니다
그녀는 나의 첫사랑
당신은 첫사랑을 만났습니까
첫사랑을 만나면 놓치지 마십시오
그리고 내 소식을 전하십시오

옛날이야기

어떤 오래된 이야기 속에서
길이 1미터짜리 악어와
열 살 난 소년이 함께 살았다
동화책에도 나오지 않는
너무 오래된 이야기 속에서
악어가 소년의 팔을 물어뜯었다
왼팔인지 오른팔인지 확실치 않지만
그러자 소년도 콱, 악어의 등짝을 물어 주었다
그리고 둘이는 참 아팠다
그때는 진통제도 없었으니까
그리고 악어는 등이 곪았고
악어는 죽었고
소년은 피를 흘렸고
소년은 죽었고
그들은 천국에서 만나게 되었는데
붕대 감은 상처를 들여다보며
악어와 소년은 서로 부끄럽고 미안했다
그리고 무척 슬퍼졌다
오래오래 잘 산다는 옛날이야기 속에서
혹은 영원히 죽을 수 없는 천국에서

잔혹한 실내극

1

　　　　밤 열한 시. 단칸방. 어머니와 아들이 누워 있다.

어머니　일찍 자자꾸나, 나는 벌써 잠이 오는구나.
아　들　어머니 그런데 저 소리는 무엇일까요.
　　　　낮고 은밀하게 우리 주위를 배회하는 소리.
어머니　애야, 나는 소리 듣지 못하는 굴 껍질
　　　　발끝에서 머리까지 전신이 울퉁불퉁하단다.
아　들　쥐인가 봐, 내 머릴 밟고 가네요.
어머니　……그럼 먼저 잔다.
아　들　그러세요. 야옹 소린 제가 내지요
　　　　야옹, 야옹.

2

　　　　하늘 가운데서 몰래 움직이는 북극성, 움직이며 미확
　　　　인의 볼륨 높일 때 불안과 마주 앉은 이들은 더 큰
　　　　소리 공중에 풀어 놓는다.

아 들 야옹, 야옹, 야옹,

어머니 아직 그러고 있니, 나를 자게 버려두어라
　　　　선잠 깨면 다시 못 잔다.

아 들 어머닌 안 들리세요, 우리 지붕 갉아 먹는 소리.

어머니 ……저 소리 말이냐. 그거라면 나도 수없이 들
　　　　었다. 약을 놓을 테니 야옹 소리 필요 없다.

아 들 아니에요 제 몫은 제가 쫓아야 해요.
　　　　어쩌면 쥐 소리가 아닌 듯도 한데, 야옹, 야옹,

어머니 네 마음대로 하려무나.

3

　　　　어머니는 다시 잠들고 초조해진 아들은 벌떡 일어선다.

아 들 야옹! 야옹! 야옹! 꺼져 이 쥐새끼들아, 꺼지란
　　　　말야!

어머니 깜짝이야, 도대체 왜 그러니!

아 들 이젠 들리시죠, 우리 삶이 톱질 당하는 소리.

어머니 ……너는 떨고 있구나, 저것은 세월 가는 소리.

　　　　아직 몰랐니?
아 　들　아니에요 시간은 지금쯤 시냇물을 따라 어둠 속
　　　　을 떠다니고 있을 걸요, 나는 알아요 시계 가는
　　　　소리보다 더 완강하고 부드러운 저 소리.
어머니　엄마는 하나도 못 알아듣겠구나, 왜냐하면
　　　　나는 곧 자게 될 것이니까.

4

　　　　돌아누운 어머니는 먼 들판이 되어 있고, 아들 홀로
　　　　불안을 늘어뜨린다.

아 　들　무서워요, 누가 내 목을 내리친다면 나는 목 없
　　　　는 고양이…… 아니 벌써 되어 있나요? 야아아
　　　　옹, 야아아옹,

　　　　이때, 아들이 늘어뜨린 불안의 꼬리를 밟으며 자꾸 방
　　　　문 두드리는 소리. 쿵쿵 / 야아아옹 / 쿵쿵 / 야아아
　　　　아오옹 / 쿵쿵…… 쿵쿵……

123

즐거운 실내극

1

　　　　밤 열한 시. 단칸방. 어머니와 아들이 누워 있다.

어머니 이젠 자자꾸나, 나는 지쳐 버렸다.
아　들 저 소리를 두고 벌써 지치다뇨, 놈들을 진압해
　　　　야지요.
어머니 애야 내 머리칼을 봐, 잘 때가 되잖았니.
아　들 저놈들, 또 모여들어 두런거리네.
어머니 …… 난 …… 지쳤어 …… 혼자 해 봐 …… 지
　　　　켜볼 테니.
아　들 그러세요. 야옹 소린 제가 내지요
　　　　야옹, 야옹,

2

　　　　아들이 야옹 소리를 내는 만큼 천장에서 뛰는 쥐들은
　　　　더욱 분주해지고, 불안과 마주 앉은 아들은 더 큰 소
　　　　리 공중에 풀어놓는다.

아 들 야옹, 야옹, 야옹,

어머니 네 목소리엔 힘이 들어 있지 않구나

아 들 힘껏 소리치고 있어요.

어머니 그 소리 가지곤 어림없다. 자, 따라해 봐

　　　　야, 옹, 야, 옹,

아 들 야, 옹, 야, 옹,

3

　　　야, 옹, 야, 옹, 외치는 구령에 잠시 조용해지는 천
　　　장. 그러나 더 커진 천장의 부스럭거림이 야옹 소리
　　　를 짓누른다.

아 들 저, 저것들이 이제 달아나지도 않네.

어머니 찍소리 못하고 고분고분하던 것들인데……

아 들 어머니, 다시 힘을 모아 외쳐 봐요.

　　　　야, 옹, 야, 옹,

어머니 야옹 소리 필요 없다, 이것으로 저놈들의 정의
　　　가 입증된 거야.

아 들 닥쳐요 방금 한 그 말, 국보법 위반! 국보법
위반!

4

어머니의 그림자는 교수대 위에 대롱거리고, 아들 혼
자 자신 없는 야옹 소리를 길게 늘어뜨린다.

아 들 무서워라, 저 저 소리가 더욱 담대히 다가오네.
야아아옹, 야아아아옹.

발악하듯 외치는 고양이의 울부짖음을 짓누르며 군중
의 환호 같은, 웅장한 음악 같은, 흡사 밀물같이 거
역할 수 없는, 노크 소리가 자꾸 방문을 두드린다.
쿵쿵 / 야아아옹 / 쿵쿵 / 야아아아오옹 / 쿵쿵⋯⋯
쿵쿵⋯⋯

진흙 위의 싸움

옆방 아이가 있는데 그 이름이 민지연이다. 민지연은 계집아인데 이제 네 살배기다. 하루 종일 집에 있으면 나는 이런 소리를 듣게 된다. 지연아 혜영 언니하고 놀아라. 지연아 딱따구리 봐라. 지연아 까까 사 줄까. 지연아 쉬할래. 지연아 맴매하려구 그러니. 지연아…… 지연아…… 지연아…… 하루 종일 지연아, 지연아, 지연아! 그런데 나는 그 이름이 무척이나 싫다. 지연 말고 다른 좋은 이름은 없을까? 궁리 끝에 민지라는 이름을 생각해 냈다. 그 아이의 아버지 성에서 민 자를 따고 이름을 그냥 지라고 하면, 얼마나 세련되고 귀여운가! 드디어 나는 지연을 민지라고 바꾸어 부르기 시작했다. 민지야 쵸쵸 사줄까. 민지야 멍멍하고 놀자. 민지야 그네 타러 가자. 민지야…… 민지야…… 민지야…… 나의 교묘한 꾐에 지연은 쉽게 민지가 되었다. 아니, 그게 상상력일까? 어린 아이의 응용력은 놀랍다. 그 어린 계집아이는 너무도 자연스레 자기 어머니에겐 지연이 되고 나에겐 민지가 되어 주었다. 그러던 어느 날, 내가 녹음기에 민지의 노래 솜씨를 녹음하고 있던 휴일 오후, 심상치 않은 표정으로 민지 어머니가 다가왔다. 올 것이 왔다, 싶었다. 다름 아니라 이제 이십 대 중반의 이 만만치 않은 새댁에겐 자기

배에서 난 딸아이에게 이름이 두 개나 된다는 것이 도무
지 이해할 수 없는 일이었던 것이다.

　　민지 어머니 : 우리 지연이를 민지라고 부르는 이유가
　　　　　　　　　 뭐죠?
　　　　　　나 : 그냥……
　　민지 어머니 : 그냥이 뭐예요? 내 딸 이름은 지연입니다.
　　　　　　나 : 그래도……
　　민지 어머니 : 그래도라니? 내 딸 이름은 지, 연, 이,
　　　　　　　　　 라, 고, 했, 잖, 아, 요. 지연이라고 불
　　　　　　　　　 러 주세요.
　　　　　　나 : 지연이보다 민지가,
　　민지 어머니 : 뭐욧! 지연예요, 지연. 기분 나빠요. 민
　　　　　　　　　 지가 뭐예요. 부르지 말아요. 민지가 누
　　　　　　　　　 굽니까, 삼촌을 차 버린 애인이 민진가
　　　　　　　　　 요? 지연이 좋아요, 민지라고 부르지 말
　　　　　　　　　 아요.
　　　　　　나 : 그래도.
　　민지 어머니 : 또, 그래도! 지연이 민지예요? 민지가
　　　　　　　　　 지연이냔 말예요! 왜 지연이를 다른 아

이로 만드냔 말예요. 그런 건, 참을 수 없어요!

나 : 민지를 다른 아이로 만들다뇨? 민지가 지연 아닙니까!

민지 어머니 : 이 총각이 정말 큰일을 내겠네. 난 지연 엄마예요. 부모가 지어 준 이름을 왜 바꾸어 불러요? 난, 지연, 엄마, 잖아요.

나 : 민지 어머님, 제 뜻은······

민지 어머니 : 아, 아니 이 양반이 끝내! 그래, 이, 뻔뻔한 자식아, 누가, 널, 개새끼라고 부름 좋겠니? 네가 개새끼니, 개새끼야?

나 : 민지 어머님, 저는, 시인입니닷!

민지 어머니 : 오냐, 개새끼야! 시인은 뭐 말라비틀어진 시인이냐? 시인은 법도 없냐, 법도 없어!

나 : 민지 어머님, 그렇게 언성을 높이시면······

민지 어머니 : 그래요, 좋아요······ 내가 너무 흥분한 것 같네요······ 하지만 삼촌······ (울기 시작한다) 민지는 지연이 아니잖아요? ······ 그렇잖아요? ······ 내······ 내가······ 지

연이를 어떻게 키워 왔는데…… 얼마
나…… 좋아요…… 지연이란 이름
이…… 알, 지 자 연꽃, 연 자…… 연꽃
을 안다는 뜻인데…… 얼마나 좋아
요…… 지연이라고 불러 주세요. 부모
가…… 이렇게 사정하잖아요, 네?

나 : (머쓱해서) ……그럼, 그렇게 하도록……
노력해 보겠습니다.

민지 어머니 : (울음을 멈추고 나지막하게) 노력해 보겠
다니, 흥 노력을 한다구? 그래, 잘 노력
해 봐라, 자알, 노력해 봐. 오늘 저녁에,
이 일을, 지연 아빠에게 이를 테니까.

나 : (잔뜩 켕겨서) 아, 아닙니다. 제가 잘못
했습니다. 지연, 어머님, 없었던 일로
하시고……

민지 어머니 : (긴장을 풀지 않고) …… 잘 생각했어 삼
촌. 시인이 시나 쓸 일이지, 앞으로 남
의 아이 이름 바꾸어 부르는 장난은 하
지 마 응?

그녀 남편은 검은 안경을 쓰고 근무하는 직장을 가졌다. 나의 완패, 그러나 지연이 민지 아닌 것은 아니지 않은가? 물론 민지가 지연 아닌 것도 아니다. 그러면 아이가 바뀌지 않는다고 내 멋대로 용숙, 귀향, 은희 등의 이름으로 이제 네 살 난 그 아이의 이름을 마구 바꾸어 불러도 괜찮다는 말인가. 나는 손을 뻗쳐 머리맡에 있던 녹음기의 리플레이 버튼을 눌렀다. 그리고 잠시 후, 스톱 버튼을 누르고, 플레이 버튼을 눌렀다…… 끝내! 그래, 이, 뻔뻔한 자식아, 누가, 널, 개새끼라고 부름 좋겠니? 네가 개새끼니, 개새끼야? 나는 스톱 버튼을 눌렀다. 담배를 한 대 피워 물었다. 날더러 개새끼라고? 천만에 나는 한국에서 제일 가는 테크니션 시인이다! 플레이 버튼을 눌렀다. 민지 어머님, 저는, 시인입니닷! 오냐, 개새끼야! 스톱 버튼을 눌렀다. 또 개새끼라고 하시네, 주먹으로 벽을 한 번 꽝, 치고서 나는 다시 플레이 버튼을 누른다. 시인은 뭐 말라비틀어진 시인이냐? 스톱 버튼을 누른다. 그리고 큭, 웃는다. 사실 시인들이 조금 비틀어지긴 비틀어졌지. 그 말이 맞다. 물을 한 모금 마시고 플레이 버튼을 눌렀다. 시인은 법도 없냐, 법도 없어! 나는 자리에서 튕기듯 일어나 스톱 버튼과 리플레이 버튼을 몇

초간의 순간을 두고 바꾸어 눌렀다가 다시 플레이 버튼을 누른다. 시인은 법도 없냐, 법도 없어! 다시 반복한다. 시인은 법도 없냐, 법도 없어! …… 아아 내가 잘못했다. 되는 대로 지껄이지 말자. 큰일난다.

자동차

S#1.

F.I.

카메라가 높은 하늘에서 점점 내려오며 고속도로 위를 질주하고 있는 오픈카를 클로즈업시킨다. 운전차는 젊고 잘생긴 청년으로, 즐거운 듯 경쾌한 휘파람을 불고 있다. 카메라가 그의 상반신을 비추다가 뒤로 빠진다. (D·I·S)

S#2.

역시 높은 공중에서 잡힌 고속도로. 카메라 점점 내려오면서 질주하는 고속버스 한 대를 잡는다. 플래시백 되면서, 카메라는 좌석에 앉은 한 여자 승객 앞에 고정된다. 맑고 깨끗한 용모의 아가씨 그녀가 손목시계를 본다. 1시 35분이다. (D·I·S)

S#3.

질주하는 오픈카를 정면에서 포착한다. 청년이 시계를 본다. 1시 45분이다. 청년은 급한 듯, 액셀러레이터를 밟는다. 카메라는 상승하는 속도계를 클로즈업한다. 오픈카는 앞서 달리던 차들을 추월한다. 청년은 카스테레오에 테이프를 꽂는다.

E.
클래식 기타 음악.

S#4.
이때, 차선을 넘어 들어오는 맞은편 트럭. 청년은 급히 핸들을 꺾는다. 낭떠러지 밑으로 곤두박질치는 오픈카. 귀청을 찢는 듯한 금속성 소음이 길게 에코 되면서, 포토 컷.

C#1. 굴러떨어지는 오픈카 (흑백사진)
C#2. 화염에 싸인 오픈카 (흑백사진)
C#3. 피를 흘리는 청년의 이마 (흑백사진)
C#4. 허공을 향한 자동차 바퀴 (흑백사진)
C#5. 깨진 유리창 (흑백사진)

S#5.
손목시계를 바라보며 황급히 다방 문을 열고 들어오는 아가씨. 카메라는 다방 벽에 걸린 벽시계를 클로즈업한다. 2시 5분이다. 여자는 다방을 천천히 살피다가 의자에 앉는다. 여자는 자주 시계를 쳐다본다. 여자는 지루한 듯

담배를 피워 문다. 연기가 공중으로 퍼진다. (O.L)

S#6.

연기가 걷히면 거기에 머리숱이 타고, 얼굴에 상처를 입은 청년이 서 있다. 여자는 반갑게 그를 맞이한다.

남자 : 내가 늦었지, 미안해.

여자 : 아녜요, 그런데 웬 상처예요. 옷도 찢어지고……

남자 : 응, 교통사고가 났댔어. 그만 낭떠러지로 떨어져 버렸지.

여자 : 그런데 어떻게?

남자 : 어떻게라니? 난, 죽어 버리고 말았어!

여자 : 죽었다구요!

남자 : 그래, 지금 당신 앞에 있는 나는…… 귀신이야.

여자 : 귀신이라도 나는 당신을 사랑할 수 있어요.

남자 : 미안해, 난, 이제, 저자를 따라가야 해. (남자는 다방 문 앞에 우뚝 서 있는 검은 신사를 가리킨다)

눈물이 남자의 얼굴을 온통 적실 때, 눈물이 적셔진 부분부터 차츰 남자의 얼굴이 지워져 가고 여자 홀로 남아

운다. (F.O)

S#7.

F.I.

카메라가 고속도로를 질주하는 자동차를 비춘다. 잠시
후, 스톱 모션 되면서 포토 컷.

C#1. 자동차와 자동차의 충돌 사진 (흑백사진)

C#2. 굴러떨어지는 오픈카 (S#4의 C#1)

C#3. 거적에 싸인 도롯가의 시체 (컬러사진)

C#4. 콘바인 위에 줄지어 선 자동차 공장의 자동차 (흑
백사진)

C#5. 허공을 향한 자동차 바퀴 (S#4의 C#4)

C#6. 러시아워 때 자동차로 길이 막힌 도심의 네거리
(컬러사진)

C#7. S#5 중에서 남자를 기다리던 여주인공의 모습 중
에서 하나 (흑백사진)

슬픔

영화「파리, 텍사스」를 보고
대구 유일의 종합 잡지인《빛》에다
원고지 열 매의 감상문을 쓴다.

지상에는 하늘의 별만큼 많은 이야기가 있고 그 숱한
이야기들은 흔히 이렇게 시작된다. '옛날, 먼 옛날, 아주
살기 좋고 아름다운 마을에 누구와 누구가 살았더란다.
그러던 어느 날……'

빔 벤더스 감독의 84년도 칸느영화제 대상 수상작인「파
리, 텍사스(Paris, Texas)」역시 이런 이야기 방식의 너무
나 보편적인 범주를 벗어나지는 않았던 것 같다.

10년 전 옛날, 트레비스(해리·딘·스텐톤)와 제인(나타
샤·킨스키)은 텍사스 어느 해변 마을에서 가정을 꾸미고
행복하게 살았다. 처음에는 그랬다. 그러던 어느 날부터,
젊고 예쁜 연하의 아내에 대하여 남편은 의처증에 가까운
불안과 의심을 나타낸다. 아내는 그런 남편을 못 견뎌하
고, 아이를 낳고부터는 더욱 남편에게 진절머리를 친다.
아내에게 아이는, 자신을 남편으로부터 도망치지 못하게
하는 어떤 짐과 같이 느껴진다. 아내는 밤마다 남편으로
부터 도망하는 꿈을 꾼다.

다시 한 번, 그러던 어느 날, 집안에 원인 모를 화재가 나고 가족은 뿔뿔이 흩어진다. 트레비스는 기억상실에 걸린 채 황야를 헤매고 제인은 우주과학 산업의 본거지인 휴스턴의 어느 픽킹 숍에서 매춘을 한다. 그리고 아이는 트레비스의 동생 부부를 부모로 알고 거기서 자란다.

스토리만 가지고 「파리, 텍사스」를 판단한다면, 이 영화는 너무나 평범한, 우리 주위에서 쉽게 볼 수 있는 가정사에 불과하다. 사실, 이런 식의 이야기는 「드라마 게임」 「금요극장」 「사이코 드라마——당신」 등 우리나라 티브이물을 통해서 매주 볼 수 있을 만큼 흔한 것들이다.

나는 이 영화를 보면서, 감독이 교묘히 전달하고자 하는 잘 은닉된 낙원 상실의 주제에 대하여 주목했다.

트레비스는 아내와 아이를 잃은 후 4, 5년간을 방황하며, 자신의 아버지와 어머니가 처음 만났고 사랑을 했으며 자신을 낳아 준 고향을 찾아 헤맨다.

트레비스의 고향은 텍사스주 어디엔가에 있는 파리이지만, 약간의 비약이 가능하다면, 서양인의 무의식 깊이 감추어져 있는 정신적 고향은 에덴동산이 아닌지나 모르겠다. 눈을 뜨면 과수마다 열매가 달려 있고, 죄도 눈물도 없다는 바로 거기! 그러면 트레비스의 아버지와 어머니는 아담과 이브였을까?

인간은 곤경에 처하였을 때, 자신의 가장 좋았던 때로 다시 돌아가고 싶어 한다. 인간은 자신의 희망을 미래에 걸 수 없을 때, 과거로 돌아가 모든 것을 처음부터 다시 시작하길 원한다.

파리, 텍사스가 단순한 지명이 아니고 곤경에 빠진 현대인이 되돌아가고 싶어 하는 '좋았던 한 시절'을 의미할 때, 파리, 텍사스라는 특정 지명은 무의미해진다. 그곳이 프랑스 파리면 어떻고 경북 길안이면 어떠랴. 어차피 파리, 텍사스는 에덴동산이거나 무릉도원이거나 유토피아의 또 다른 이름일 것이다.

이 영화를 처음 보았을 때, 이 영화가 「잃어버린 지평선」처럼 유토피아를 찾아가는 영화인 줄 알았으나 차츰 나는 이 영화가 「1984년」「훌륭한 신세계」 따위의 현대 문학이 충분히 보여 준 디스토피아를 다시 설명하고 있다는 것을 깨달았다.

현대인이 갈 수 있는 최후의 지점이 바로 여기라는 듯이 이 영화의 첫 장면에서 트레비스가 쓰러진 곳은 황폐한 황야이다. 그리고 그가 우편 판매로 샀다는 한 뼘의 땅역시 현대인의 마음을 드러내 보이기라도 하는 듯이 불모의 땅이다. 더욱 나의 가슴을 섬뜩하게 했던 것은 영화 중에 나오는 광인의 외침이었는데 그는 이렇게 말한다.

'너희가 낙원을 찾아 헤매지만 결국은 그곳에서 평화 아닌 것을 만나리라. 지상의 어느 곳도 안전하지 않으리라.'

영화의 마지막 장면에서 아내와 아들을 만나게 해 놓은 채 홀로 떠나가는 트레비스의 구도적인 방황은 우리에게 많은 것을 생각케 해 준다. 과연 그는 파리를 찾아갈 수 있을까?

그의 길을 나도 따라가고 싶다.

이렇게 맺음하곤,

「낙원을 상실한 현대인의 초상」이라는 제목을 붙인다.

자비를…… 자비를…… 자비를…… (운다)

길 안에서의 택시잡기

1판 1쇄 찍음 1998년 2월 25일
1판 10쇄 펴냄 1999년 11월 20일
2판 1쇄 펴냄 2005년 11월 20일
2판 3쇄 펴냄 2020년 2월 6일

지은이 장정일
발행인 박근섭, 박상준
펴낸곳 (주) 민음사

출판등록 1966. 5. 19. 제16-490호
서울특별시 강남구 도산대로1길 62(신사동)
강남출판문화센터 5층(우편번호 06027)
대표전화 02-515-2000 / 팩시밀리 02-515-2007
www.minumsa.com

ISBN 978-89-374-0542-6 03810